乙卯年印

初學粵音切要

香港英華書院活板

A

CHINESE PHONETIC VOCABULARY,

CONTAINING ALL THE MOST COMMON CHARACTERS,
WITH THEIR SOUNDS IN THE CANTON DIALECT.

HONGKONG:
PRINTED AT THE LONDON MISSIONARY SOCIETY'S PRESS.
1855.

初學粵音切要序

且夫西國之文、從二十餘字母而來、是音有定、而義不寓焉、待將字母成語、而意始立、而中國之字、不下四五萬、其意有定、而音未定焉、以各省各類之音不一也、故西土之人、欲學中土之音、必先專一、而後無敺雜之弊、必先得法、而後有善成之功、今余來中國有年、將温武溪所註粵東土音之三十三韻、揣而熟之、間有未精確切者、並參以康熙字典、於是採乎文墨中所必需之字、條分部類、次第點畫、而兼以英字確切其音、其法簡而易學、其用變而無窮、於廣東土音、諒亦無能左右之者、故名其書曰初學粵音切要、務使閱者明如指掌、純無間雜之疑、便於搜尋、豈有魚魯之混、即後之學生小子、誠能將此切音之數十字、習而熟之、則無不識之字矣、是書之作、豈無小補云、是爲序、

PREFACE.

The design of this book is twofold :—(1) to illustrate the phonetic correlations which exist between Chinese characters by exhibiting a complete list of phonetics, with the most common derivatives printed under each in smaller type ; and (2) to afford an easy method of determining the Canton pronunciation of words.

The phonetics are arranged in the same order in which they occur in Kang-He's Dictionary. Their form and order ought first to be attended to ; after which it will not be difficult to find any character in the book, whose sound is required. The student is supposed to be familiar with the radicals.

The sound of each character is represented by other two, in small type, an initial and a final, the respective powers of which are given at the top of each page. Every Roman initial has two representatives in Chinese, one for the upper (上) series, and one for the lower (下) series of tones. Each final sound has three or four characters corresponding to the four tones (平 上 去 入). In the last (入) tone, final *n* becomes *t*, *m* becomes *p*, and *ng* becomes *k*.

a, *o*, *u*, and *i* with no mark are pronounced as when before *r* in English—*far*, *for*, *fur*, *fir*.—*a* with a mark is short.—*ae* is not the diphthong *æ*, but is pronounced somewhat as in the word Shangh*ae*.—*y* is pronounced as in *by* ; but after other vowels as in *joy*. The termination *ing* has a variety *ëing*, which is often optional, but in 石 *shëik* a stone and several other words in the fourth tone it is always followed. These pronunciations, however, only approximate to the truth.

ERRORS AND OMISSIONS.

Pages 1. and 2. under—*wan* for 幻 換 read 換 幻
,, ,, ,, over 鞋 乃 界 for-*ea* read-*ae*.
Page 3. line 6. for 說 心 乙 read 說 審 乙
,, ,, ,, 13. under 分 add 謚 時 至
,, ,, ,, 15. for 腆 丁 典 read 腆 同 典
,, 5. ,, 4. under 匝 add 箍 非 烏
,, ,, ,, 12. for 棹 之 教 read 棹 杖 教
,, 12. ,, 16. under 弁 add 畚 丙 本
,, 25. The phonetic 藺 should come under 門 and not under 艸

Under 石 add as a phonetic 君 喻 或

初學粵音切要

息喻 | 英由 Y- | 可下 H- | 見其 K- | 敬其 K'- | 岸〇 NG- | 〇言 J- | 之杖 CH- | 丑長 CH'- | 則在 TS-

平上去入
-een 天典見別
-an 代晚勉八
-wan 環幻攜刮
-an 中忍民不
-wan 君尹困骨
-un 倫宿出
-oon 門本半末
-ün 全夫十乙
-ü 干竿翰曷
-eem 廉點欠帖
-am 緘斬鑑甲
-um 金審浸十
-om 甘敢勘合
-ang 生等辛則
-ang 彭棒硬白
-wang 橫〇〇或
-ing 丁內正隻
-wing 榮永泳㝉
-ung 中總動卜
-ong 當綁壯學
-wong 王廣旺國
-eong 章兩上約

一部

一 一英不

丁 丁丁一 汀丁一 疔丁一 釘丁一 叮丁一 釘丁正 訂丁正 頂丁丙 打丁也

丂 丂可卯 攷可卯 巧可卯 朽英九

七 七七不 叱丑忽

丈 丈杖上 仗杖上 杖杖上

三 三心監 三心鑑

上 上時上 上時兩

下 下下也 下下亞

不 不丙不 杯非由

杯內回 盃內回

丏 丏明典 麪明見

丐 丐敬代

丑 丑丑九 扭枯九 狃枯九 紐枯九 鈕枯九 杻枯卜

且 且七者 苴則於 疽則於 咀則語

沮則語 姐則者 爼之火 阻之火 詛之個 祖則老 組則老 粗七刀 殂在刀 徂在刀 租則刀 岨七於

丕 丕為非 邳為非 坯為回 歪烏乖

世 世細世 絏心別 泄心別

丘 丘英由 坵英由 岳岸學

丙 丙丙一 炳丙一 柄丙正 病並正

丞 丞時丁 拯丑丙

並 並並正

丨部

丨 丨見尹

丩 丩見由 叫見照 收審由 糾見九

丫 丫烏加

中 中之中 忠之中 中之動 沖丑中 冲丑中 忡丑中 衷丑中 仲杖動

串丑寸

丰 丰扶中

丱 丱見幻 聯求全 關見環

初學粵音切要

七前TS' | 丁大T- | 太同T' | 心士S- | 諳時S' | 非扶F- | 丙並P- | 縹礬P' | 拈尼N- | 拉耒L- | 乜明M-

-ng	-[a]	-wa	-ai	-wai	-y	-wy	-ie	-ey	-i	-zo	-ü	-üy	-oey	-oy	-ooey	-ou	-oo	-[o]	-wo	-aou	-ow	-iw
吾五悟○	加也亞○	華寡卦○	斜乃界○	乖丼怪○	西洗世○	爲鬼位○	耶者夜○	非彼利○	希始至○	詞子士○	於語去○	須取序○	垂水稅○	哀宰代○	回悔罪○	烏苦父○	刀老路○	何火個○	戈果過○	交卯教○	由九又○	夭小肖○

丶部

丶 丶之翳

丸 丸喻个

丹 丹丁餐 旃之天 彤同中 坍太監

主 主之翳 柱長語 住杖去 注之去 炷之去 註之去 駐之去 往喻廣

丿部

丿 丿縹別

乂 乂岸界 艾岸界 刈岸界

乃 乃尼乃 鼐尼界 仍由丁 礽由丁 孕由良

久 久見九 柩見又 狖見又 畝明九

乇 乇太學 託太學 托太學

之 之之希 芝之希

乍 乍杖亞 詐之亞 作則學 怍在學 柞在學 祚在路 胙在路 酢在學 阼在路 蚱之則

乎 乎喻烏 呼非烏

朿 朿則子 第則子 姊則子

乏 乏扶八 貶丙典 泛非犯

乑 乑縹界 脈明則 派縹界

乖

乖見乖

乘 乘時丁 剩時正 乘時正

乙部

乙 乙烏乙 乜乜不

九 九見九 究見又 鳩見由 仇其由 梵其由 宄見鬼 軌見鬼 旭可卜

乞 乞可不 齕下不 紇下不 訖見不 吃見不 迄岸不 屹岸不

也 也由也 他太加 池長希 地大利 馳長希 髢太位 弛丑始

乪 乪下希 拖太何 陁同何

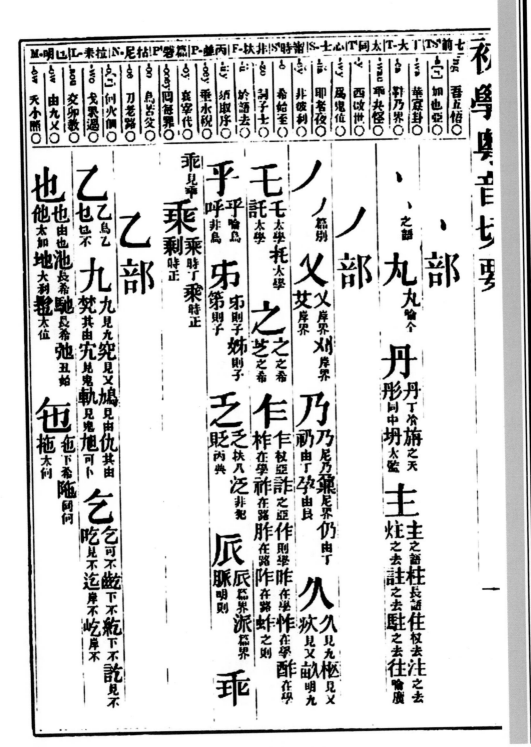

初學粵音切要

烏喩	英由 Y-	可下 H-	見其 K-	啟其 K'-	○岸 NG-	○育 J-	之杖 CH-	丑長 T'-	則在 TS-

平上去入	天典見削	冷晚兆八	鏆幻挽刮	巾忍艮不	君尹幽骨	倫盾鼎山	門本未末	全犬寸乙	干罕翰曷	廉點欠帖	金審浸十	監斬鑑甲	甘敢勘合	生等辛則	彭棒硬白	橫○○或	丁內正碩	榮永泳亦	中塚動卜	當捌壯學	王廣旺國	章兩上約		

亅部

亅 亅啟乙

了 了未小

予 予喩於 予喩諸 好喩於 豫喩去 預喩去 紓喩於 舒喩於 杼長語 序在序

事 事士丨

二部

二 二言至

于 于喩於 吁可於 迂可於 竽喩於 盂喩於 宇喩語 汙烏華

亏 亏喩於 污烏丨 圬烏丨 朽烏丨 虧非西

云 云喩君 魂喩君 紜喩君 芸喩君 耘喩君 雲喩君

互 互喩交

五 五喩五 伍喩五

井 井則丙 阱在正 穽在正 耕見生

亘 亘心今 垣喩門 桓喩門 恒下生

亙 亙見等

亞 亞烏亞 堊烏學 瘂烏也 啞烏也

亟 亟啟至 亟見息 殛見息 極共息

亠部

亠 亠大由

亡 亡明當 芒明當 汒明當 忘明當 忙明當 妄明壯 望明壯 盲明彭 氓明申 盲非當

亢 亢啟壯 抗啟壯 炕啟壯 杭下當 航下當 頏下當 吭下當 杭見當 坑可彭

交 交見交 郊見交 蛟見交 傚下教 効下教 效下教 校下教 校見教 較見教 狡見卯 絞見卯 晈見卯 齩岸卯 咬岸卯

亥 亥下代 孩下哀 咳下哀 駭下哀 骸下哀 該見哀 垓見哀 欬啟不 刻可則 核下不

亦 亦由只 弈由息 奕由息 跡則息 迹則息

㐬 㐬未由 流未由 琉未由 硫未由 旒未由 梳疏何

初學粵音切要

乜明M-	拉來L-	粘尼N-	捻磐P'	丙並P-	非扶F-	審時S'	心上S-	太同T'	丁大T-	七前TS'

天小照○ 由九又○ 交卯教○ 戈果過○ 何火個○ 刀老路○ 烏苦父○ 岡毎罪○ 衰宰代○ 垂水稅○ 須取序○ 於語去○ 詞子士○ 希始至○ 非彼利○ 聊者夜○ 居鬼位○ 西敬世○ 爭丼怪○ 料乃界○ 華京卦○ 加也亞○ 吾五悟○

疏 衛何 疏 衛何
醯 可希
諒 未上

亨 亨可生 烹 烹彭
享 享可兩 惇 時倫 淳 時倫 醇 時倫
鶉 時倫 諄 之倫 椁 見圓 韗 見圓
京 京見丁 鯨 其丁
涼 未亭 掠 未約

亭 亭同丁 停 同丁
婷 同丁
亮 亮未上
喨 未上
亶 亶太晚 壇 同旰 檀 同旰
䵣 之天 顫 之天 擅 時見
亹 亹 明彼

人部

人 人由申
仄 仄之則
昃 之則
仁 仁由申
今 今見金 衾 欽金 琴 其金 黔 其金
妗 其淵 黔 其廉 吟 由金 矜 見丁
介

介 見界 界 見界
芥 見界 玠 見界
㐱 㐱之申 珍 之申 袗 之忍 畛 之忍
紾 之忍 袗 之忍 疹 之忍 軫 同典
付 付扶父 附 扶父 駙 扶父 祔 扶父
柎 非若 坿 非若 符 扶烏 苻 扶烏

代 代大代 岱 大代 玳 大代
袋 大代 黛 大代 貸 太界
令 令未正 令 未丁 囹 未丁 伶 未丁 零 未丁 鈴 未丁 聆 未丁
齡 未丁 苓 未丁 蛉 未丁 翎 未丁 羚 未丁 軨 未丁 領 未丙

嶺 未丙 泠 未等
命 明正
以 以喻始 苡 喻始
似 前子 姒 前子
件 件共見
任 任由浸 任 由金 賃 由浸
荏 由審 恁 由審 凭 並硬
伊

伊 英希
伏 伏扶卜
茯 扶卜
伐 伐扶八
栰 扶八
休 休英由 庥 英由
貅 英由
位 位喻位 涖 未利
莅 未利
余

余 喻於 餘 喻於 途 同刀 塗 同刀
荼 同刀 除 長於 徐 前須 敘 在序
佘 佘時耶
斜 在耶
佞 佞尼正
侃 侃可罕
來 來未哀
萊 未哀

賚 未代
睞 未代
侖 侖未倫 輪 未倫 淪 未倫 倫 未倫
綸 未倫 崙 未倫 論 未盡
侯 侯下由 喉 下由
猴 下由 餱 下又
便 便並見 鞭 鄭天
鞭 丙天

二

初學粵音切要

鳥喻	英由Y-	可下-H	見其-K	敬其K'-	〇岸-NG	〇言-ひ	と仗-H'	且長-P	印則-TS	在-TS'

平上去入
-an 天蝕貝別
-an 冷晚兜八
-aan 環挽幻刮
-an 申忍貝不
-ain 村尹困骨
-un 倫盾盡出
-un 門本半末
-in 今犬乎乙
-in 千宇錦咼
-am 南點欠帖
-am 監斬鑑甲
-im 金宙浸十
-um 甘敢鉗合
-ang 生等幸則
-ang 彭梗硬白
-ang 橫〇〇或
-ing 丁丙正碩
-ung 榮永咏哀
-ung 中總動卜
-ong 當朔壯學
wong 王廣旺國
-eung 章兩上約

𠓟 𠓟見翰 翰下翰 乾共天 乾見干

保 保內老 堡內老 葆內老 褒內刀

倉 倉七當 蒼七當 瑲七當 瘡丑當 創丑壯

傘 傘心把

僉 僉七廉 簽七廉 憸七廉 斂未點 撿未點 歛未欠 臉未欠 險言欠 險可點 儉共欠 劍見欠 檢見點

儿部

儿 儿由中

兀 兀岸不 杌非同 軏下乙

允 允喻尹 吮時犬

元 元言全 黿言全 阮言犬 冠見門 冠見半 頑喻環 玩喻半

兄 兄可了 柷之下 況非壯 貺非況 兇之又

充 充丑中 統太總

兆 兆枝照 晁長天 挑太天 窕大照 桃同刀 逃同刀 蹤同刀 咷同刀

先 先心大 洗心敬

光 光見王 恍見王 晃見干 觥見橫

克 克可則 兢見了

兌 兌大罪 銳由稅 說心乙 稅齒稅 脫同乙 梲之乙 悅下乙 閱下乙

免 兗明典 勉明典 冕明典 浼明每 挽啱換 輓啱換 晚明晚 逸由不

兒 兒言希 唲言希 輗岸西 倪岸西 霓岸西 麑岸西 貎岸西 睨岸敬 鬩枯益

兜 兜太路

兠 兠丁由

入部

入 入由十

內 內尼代 蜹由稅 納尼甲 訥尼出

全 全前全 牷前全 痊前全 筌前全

兩 兩未兩 俩未兩 緉未兩

俞

三

吾方悟〇 加也架〇 華寡卦〇 乃界〇 奕怪〇 西敬世〇 者俗〇 波利〇 蟢蛤至〇 於論去〇 垂水稅〇 哀代〇 同罪〇 丁老路〇 何火個〇 戈果過〇 交卯教〇 由九又〇 天小照〇

兪喻於揄喻於偷喻於逾喻於渝喻於瑜喻於揄喻於
竘喻於喩喻去愈喻去諭喻去輸衢於偷太由

八部

八八丙八 公公見中 蚣見中 六六ネ卜 兮兮下西 共共共畝 共見中
頌前動 訟前動 盼下卄 恭見中 供見中
巽見中 烘下中 洪下中 兵兵丙丁 其其共希 洪共希 旗共希 棋共希 褀共希 麒共希
哄下動 鬨下動 棋見總 期共希 朞見希 箕見希 欺可希
具具共去 颶共去 典典丁典 兼㡘見靡 謙可靡 嫌下靡
俱見於 腆丁典 慊可帖 歉可帖 賺杖監

冂部

冂冂見承 冉冉言點 苒言點 册册丑白 栅丑白 冏冏見承 烱見承 冒
髯言點 再則代 删齒伶 姍齒伶 扃見榮 扃見承
冐明路 娟明路 冓冓見又 構見又 傋見又 覯見又
帽明路 勖可卜 購見又 遘見又 溝見由 講見翃

冖部

冖冖門旦 冘冘由金 沈杖金 枕時金 煩時金 冢冢丑總 冥冥明丁 暝明丁
枕之謝 眈丁監 躭丁監 阭丁監 塚丑總 螟明丁 溟明丁

三

烏喻 | 英由Y- | 可下H- | 見几K- | 敬其K'- | 〇序NG- | 〇言J- | 之杖CH- | 丑長CH'- | 則在Ts-

平上去入 | -een 天典見別 | -an 省晚犯八 | -wan 環換幻刮 | -in 中忍民不 | -wan 君尹困骨 | -un 倫㳄盈出 | -oon 門本半末 | -in 令夫于乙 | -on 干罕翰曷 | -eem 兼點欠帖 | -im 監斬鑑甲 | -au 金沁泣十 | -om 甘敢勘合 | -ang 生等杏則 | -ank 彭秡硬白 | -wang 横〇〇或 | -ing 丁內止的 | -wing 榮永詠𧩾 | -ung 中總動卜 | -ong 當綁壯學 | -wong 王廣旺國 | -eung 章兩上約

冫部

冫 冫丙丁 冰丙丁

冬 冬丁中 終之中 螽之中 疼同生

几部

几 几烏始 飢見希 肌見希

凡 凡扶佮 帆扶佮 汎非犯 梵扶犯

処 處丑去 處丑語

凵部

凵 凵可敢

凶 凶可中 兇可中 酗英去

出 出丑出 茁之八 拙之乙 咄之乙 黜之出

函 函下監 涵下監

甴 甴非界 㓊見界

凸 凸同不

凹 凹尼十 兕前子

出

刀部

刀 刀丁刀 叨太刀 初丑何 釗之天

刁 刁丁天

刃 刃由艮 仞由艮 牣由艮

分 分非中 分扶艮 紛非中 氛非中 芬非中 忿扶忍 颱扶忍 吩扶忍 汾扶中 貧昬中 粉非忍 頒丙佮 盼磊犯 粉並犯 盆盤門

切 切七別 切七世

㓞 劾烏八 恝烏八 挈敬別 齧序別

刕 刕未西 荔未世

七前TS'	丁T	大T'	太同T	心土S	審時S'	非扶F	丙並P	篇磐P'	粘尼N	拉来L	口明M

吾力㥄○ 加也亞○ 華森卦○ 鞋乃界○ 乖共怪○ 西啟世○ 爲鬼位○ 耶老夜○ 非彼利○ 希始圭○ 洵子士○ 於許去○ 須取序○ 垂水税○ 哀字代○ 回每罪○ 烏苦父○ 刀老路○ 何火個○ 戈果過○ 交卯教○ 由九又○ 天小照○

列 列未別 烈未別 裂未別 冽未別 例未世

別 別幽別 別丙別 捌丙八 叭丙八

利 利未利 瘌未利 喇未利 俐未利 梨未非

到 到丁路 倒丁老

刑 刑由丁 型由丁 荆見丁

制 制之世 掣之世 製之世

刷 刷審八

剎 剎丑八

則 則則一 惻丑則 側丑則 測丑則 廁士士

刺 剌未八 喇未八 剌未八

前 前前天 煎則天 箭則見 翦則典 剪則典

力部

力 力未忽 勒未則 肋拉則 𠠲見申 筋見申 劣拉乙

加 加見加 迦見加 笳見加 嘉見加 枷見幻 伽共耶 茄共耶 架見亞 駕見亞 賀下個

劦 劦可帖 協可帖

助 助杈個 耡杈個 鋤長何 齣杈去

勞 勞未刀 撈未刀 撈未交

勹部

勹 勹丙交

勺 勺之約 灼之約 杓之約 酌之約 約英約 的丁息 的丁照 釣丁照 豹篇教

匀 匀喻君 均見君 鈞見君

勿 勿明不 物明不 芴非不 吻明忽 刎明忽 脗明忽

包 包丙交 苞丙交 胞丙交 泡篇教 炮篇教 砲篇教 跑篇教 飽丙卯 抱磐老 鮑磐老 庖磐交 匏磐交 袍磐刀 雹幽學

匈 匈可中 胸可中 洶可中

匊 匊見卜 菊見卜 掬見卜 鞠見卜 麴見卜

匋 匋同刀 淘同刀 陶同刀 萄同刀

四

喻○		平上去入
	-in	天典見別
	-an	奸晚犯八
	-wan	環挽幻刮
Y-由英	-an	申忍艮不
H-下可	-wan	君尹困骨
K-其見	-un	倫屆盡出
K'-其汲	-oon	門本半末
	-ün	个犬才乙
	-on	干竿翰葛
	-eem	謙點欠帖
NG-岸○	-am	監斬鑑甲
	-om	金浸沁十
J-許○	-um	甘敢勘合
	-ang	生等幸則
CH-杖之	-ang	彭棒硬白
	-wang	橫○○或
	-ing	丁丙正碩
CH'-長丑	-wing	榮永咏劃
	-ung	中總動卜
	-ong	常網壯學
TS-作則	-wong	王廣旺國
	-eong	章兩上約

匕部

匕

匕丙彼 化篩彼 吡非避 北丙則 背丙罪 揹智罪 牝鮮忍

化

化非嗔 花非加 貨非個 䏲岸何 訛岸何 靴可於○與虛小別

𠤏

𠤏丙老

匚部

匚

匚非當

匝

匝則甲

匡

匡可當 筐可當 劻可當 眶可當

匧

匧下甲 篋下甲

匯

匯喻罪

匸部

匸

匸下敬

匹

匹篇不

匽

匽英典 偃英典 揠烏八

匫

匫括忽 [illegible]括忽

區

區烏由 嶇歐於 區歐於 軀歐於 驅歐於 樞丑於 歐烏由 漚烏由 甌烏由 毆烏九 傴英語 摳歐由

十部

十

十時十 什時十 汁之十 針之金 計見世 叶可帖

卂

卂心盡 訊心盡 迅心盡 汛心盡

千

千七天 仟七天 阡七天 芊七天 刊七見

升

升識丁 昇識丁 陞識丁

午

午喻五 迕喻悟 忤喻悟 杵長語 許可語 滸烏若

卉

卉喻鬼

半

半丙半 絆篇半 判篇半 泮篇半 胖篇半 拌篇半

初學粵音切要

初學粵音切要

七前Ts'　丁Ts　大T　太同T'　心士S　時S'　非扶F　丙並P　篇P'　枯K'　尼N　拉L　明M

ng	吾五悟〇
-a[r]	加也亞〇
-iva	華寨卦〇
-au	斛乃界〇
-wae	乖夬怪〇
-y	西啟世〇
-ey	爲鬼位〇
-ia	卿爺夜〇
-ey	非彼利〇
-e	希始至〇
-ze	詞子士〇
-ii	於語去〇
-uy	須取序〇
-oey	垂水稅〇
-oy	衰宰代〇
-ooey	回每罪〇
-oo	烏苦父〇
-o	刀老路〇
-[o]	何火個〇
-wo	戈果過〇
-aou	交卯教〇
-ow	由九又〇
-ew	夭小照〇

倅並半 叛並半 畔並半 猝七乙 碎心罪

卑 卑丙非 碑丙非 俾丙彼 庳丙彼 婢罅彼 裨罅非 脾罅非 鼙罅非 牌罅非 粺並世

卓 卓丑約 綽丑約 桌丑約 淖尼教 棹之教 罩之教 踔之教 悼大路 戟見乚 倬大點

南 南尼監

卒 卒則出 誶士稅 猝士稅 捽士稅 醉則稅 翠七稅

卜部

卜 卜丙卜 扑篇學 赴非交 仆非爻 訃非爻 卡在甲

卞 卞並見 忭並見

占 占之廉 沾之廉 苫之廉 黏之廉 佔之廉 帖太帖 貼太帖 店丁欠 玷丁欠 點丁點

站之陷 枯枯麻

卣 卣由九

卦 卦見卦 掛見卦 褂見卦

卩部

卩 卩則別 印萃艮 犯扶犯 範扶犯

卭 卭岸當 昂岸當 仰言兩 柳英忠 迎由丁 迎由止

卯 卯明卯 貿明又 劉未由 瀏未由 柳未九 聊未夭 卵拉盾

危 危岸西 桅喻爲 詭見鬼 跪共位 脆七稅

却 却做約 腳見約

卷 卷見犬 捲見犬 倦共寸 圈可仝

卸 卸心夜

卽

卽則息 唧則息 榔則別

厂部

三

烏喻 | 英由-Y | 可下-H | 見共-K | 啟共-K' | 岸○-NG | 言○-J | 之奴-N | 丸仁-M | 'H'-P | 則在-TS

平上去入	een	an	wan	an	wan	un	oon	un	on	im	am	om	om	ang	ang	wang	ing	wing	ung	ong	wong	eong
	天典見別	介晚犯八	環挽幻刮	申忍艮不	君尹困骨	倫盾遁出	門木半末	今犬扌乙	干罕翰曷	廉點欠帖	監斬鑑甲	今審浸十	甘敢勘合	生等幸則	彭棒硬白	橫○○或	丁鼎正碩	榮永咏域	中總動卜	當綁北學	王廣旺國	章獎上約

厂 厂可喻

厄 厄烏則 呃烏則 扼烏則 阨烏則 軛烏則

厓 厓岸鞋 崖岸鞋 涯岸鞋 睚岸鞋 捱岸鞋

厚 厚下又

原 原言全 嫄言全 源言全 願言寸 愿言寸

斄 𠩺未非 嫠未非 釐未非

厤 厤未息 曆未息

厥 厥敬乙 獗敬乙 蹶共位

厭 厭英欠 饜英欠 壓烏八

厲 厲未世 勵未世 糲未世 礪未世 癘未世

厶部

厶 厶心詞 私心詞 畝明九

厷 厷見橫 肱見橫 閎喻橫 宏喻橫 紘喻橫 雄下中

去 去可去 弆可語 袪敬於 法非八 㳒非八 怯可帖 刦見帖 丟丁天

參 參七監 驂七監 摻七監 慘七斬 滲審浸

又部

又 又由又 友由九 馭言去

叉 叉止加

及 及共甲 笈敬十 吸敬十 伋敬十 岌敬十 汲敬十 級敬十 扱敬十

𠬛 夂明末 沒明本

叒 言約

歿 明末

𠬝 𠬝扶卜 報丙路 赧拈晚

反 反非晚 返非晚 阪丙晚 版丙晚 板丙晚 畈丙晚 販非犯 飯扶犯

叏 屮又太刀

叕

叜 叜○○ 駸七金 寖七沁 浸七浸

叔 叔審卜 督丁卜 淑時卜 菽時卜 寂在息 踧大息

叕 叕之乙 啜之乙 歠之乙 惙之乙 輟之乙 掇之乙

粵音切要

七前TS'	大T-	太T'	同T	心S	士S-	時S'	非F	扶F-	丙P	並P-	蒲P'	箸P'	尼N	拉L	未M	明M-

吾方條○ 加也亞○ 乍寡對○ 料乃界○ 乖夬怪○ 西敬世○ 兮鬼佗○ 咩者夜○ 非彼利○ 希始寺○ 詩子士○ 於語去○ 須取序○ 垂水稅○ 哀宰代○ 回每罪○ 烏苦交○ 刀老路○ 何火個○ 戈果過○ 交卯教○ 由九又○ 天小照○

取 取七取 趣七序 娶七序 諏則由

受 受時又 授時又 綬時又

叚 叚下加 遐下加 瘕下加 霞下加 蝦可加 嘏可加 豭見加 嘏下亞 椵可亞 假見也

叟 叟心九 籔心九 搜心九 瞍心九 溲心九 廋心由 㛐心又 嫂心老

叢 叢前中 欉七動

椵見也 假見老

口部

口 口可九 扣敬又 叩敬又

古 古見苦 估見苦 罟見苦 牯見苦 岵見苦 詁見苦 咕見苦 姑見烏 沽見烏 辜見烏 枯非烏 苦非苦 故見父 怙喻父 祜喻父 做則路

句 句見去 鴝其於 劬其於 煦烏去 拘敬於 駒敬於 佝見由 鉤見由 笱見九 耇見九 枸見九 狗見九

另 另未正

另 另見寡 枴見夬 拐見夬 徬見夬

只 只之始 枳之始 咫之始

召 召杖照 紹時照 照之照 詔之照 炤之照 髫同夭 韶時夭 招之夭 貂丁夭 昭丑夭 超丑夭 沼之小

台 台喻大 鉛喻介

可 可可火 坷可火 何下何 河下何 荷下何 荷下個 呵可何 苛可何 柯烏何 軻烏何 痾烏何 珂烏何

台 台太哀 胎太哀 抬同哀 苔同哀 迨同宰 殆同宰

沿喻全 船時全 紿同宰 怠大個 台由希 貽由希 飴由希 怡由希 冶杖圭 治長希 笞丑希 始丑始 冶由者 枲心做

右 右由又 佑由又 祐由又

叵 叵篇火

号

号下路 號下路 號下刀 饕太刀 拐可夭

司 司心詞 祠前詞 詞前詞 伺在士 飼在士 笥在士 嗣在士 呞喻希

各 各見學 閣見學 擱見學 貉敬學 恪敬學 洛拉學

絡拉學 烙拉學 駱拉學 咯拉學 落未學 畧未約 略未約 格見則 賂未路 輅未路

合 合下合 盒下合 峇下合 鴿見合 蛤見合 龕可甘 祫見甲 洽下甲 哈下甲 荅丁甲 恰可十 給敬十

烏喻 | 英由-Y | 可下-H | 見其-K | 啟其-K' | 岸-NG | 言() | 宮-H | 之枝-CH | 長此-CH' | 則在-TS

平上去入

-een 天典見別
-an 犯晚犯八
-wan 環攜幻刮
-ai 中忽長不
-wan 什尹困拎
-un 倫信盈出
-an 門未未未
-in 今夫扌乙
-on 下竿翰曷
-eam 南點欠帖
-am 濫慚濫甲
-im 金淋浸十
-om 甘敢閤合
-ine 生等等則
-ang 彭棒硬白
-wang 橫○○或
-ing 丁丙正碩
-eing 榮永泳[illegible]
-ung 中總動卜
-ong 當綁壯學
-wong 王廣旺國
-oong 東山土穀

恰時十 拿尼切

吉 吉見不 桔見不 咭見不 佶見不 拮見不 頡彼別 詰彼別 結見別

同 同同中 桐同中 銅同中 筒同中 恫同中 侗同中 洞大動

名 名明丁 銘明內 茗明內 酩明內

后 后下乂 逅下乂 姤見乂 詬見九 垢見九

史 史心子 駛心子 使心子 使心上 吏未利

向 向可上 餉可兩

君 君見君 郡共國 羣其君 裙共君 窘彼國

呑 吞太中

否 否非九

含 含下甘 頷下敢

呈 呈長丁 程長丁

醒長丁 程長丁 逞長丁 呈長丁 郢丑內

吳 吳喻吾 蜈喻吾 悞喻悟 誤喻悟 虞言於 娛言於

吾 吾喻吾 梧喻吾 晤喻悟 寤喻悟 衙岸伽 圄言語

語言語 話言去

告 告見路 靠可路 誥見下 浩下路 鵠見卜 皓下路 梏見卜 酷下卜 誥見路

呂 呂未取 莒見語 侶未取 宮見中 閭未須

周 周之由 週之由 賙之由 惆長由 稠長由 綢長由 裯長由 凋丁天 雕丁天 彫丁天 調同天 調大照

音 音 陪 部 剖 倍 培 醅 焙

咎 咎見乂 晷見鬼 簪見刀

咼 咼鳥戈 窩鳥戈 禍喻過 媧鳥戈 鍋古戈

咠 咠七十 緝七十 戢七十 楫獎十 楫則帖

咸 咸下監 鹹下監 緘見監 減見斬 喊可監 箴之金

號 號岸學 嘮岸學 嘮岸學 鄂岸學

品 品品岸怎 臨未金

部巫交 號岸學

員 員喻全 圓喻全 損心大 殞喻尹 隕喻尹 韻喻君 勛非中

哥 哥見何 歌見何 哂見何

哭 哭可卜

唐 唐同當 塘同當

商 商吉息 謫吉息 啇丁息 嫡丁息 滴丁息 鏑丁息 敵大息 適吉息 摘杖則 謫杖則

棠同當 搪同當

啚 啚圖同刀 鄙悲彼 啚悲彼

善

初學粵音切要

七前TS'	丁	大T	太T'	同	心	上S	諸	時S'	非	扶F	內	蚊P	篇P'	磐	甘	尼N	拈	來	柔L	巳	明	M

君力恰○ 婦也愿○ 革宜封○ 料乃界○ 乖夬怪○ 西徵世○ 爲思位○ 耶卡夜○ 非彼利○ 希始至○ 詞子主○ 於語去○ 須取序○ 亞水稅○ 哀宰代○ 回每罪○ 烏苦交○ 刀老路○ 何火個○ 戈果過○ 交卯教○ 由九又○ 天小照○

善時見 膳時見
繕時見
繑其天 轎其天 驕見天
嬌見大 嬌見小
譟七路 躁七路 噪七路 燥七路
藻則老 澡則老 燥七刀 臊心刀

喜
喜可始 僖可希 嘻可希
嬉可希 熹可希 禧可希

單
單丁冷 簞丁冷 殫丁冷 癉丁冷 彈同冷 僤大犯
禪時天 蟬時天 嬋時大 闡之典 戰之見 詛同何

嗇
嗇嗇見 穡嗇見 牆前章
墻前章 檣前章 嬙前章

喪
喪心當 喪心非

㗊
㗊㗊之十

嚚
嚚丑卜 獸審又

喬
喬其天 橋其天

喿
喿心路 燥心路

器
器可至

噩
噩岸學 鱷岸學

嚴
嚴言凡 儼言凡
玁可[illegible] 巖岸監

囂
囂可天

囊
囊尼當

口部

口
口喻爲
冋心盍

因
因前由 泅前由

四
四心士 駟心士 泗心士

囘
囘喻回 洄喻回 迴喻回 徊喻回 茴喻回

囟

因
因英中 茵英中 姻英中 裀英中
氤英中 烟英天 咽英別

困
困欲國 綑欲尹 悃欲尹
梱欲尹 稇欲尹 捆欲尹

囷
囷欲君 稛欲國

固
固見交 錮見交 痼見交
個見個 涸欲學

圂
圂喻國

國
國見國 幗見國

土部

土
土太老 肚同老 吐太路
杜大路 灶則路 牡明九

圣
圣欲骨 怪見怪

圭
圭見爲 奎見爲 閨見爲 封見爲 邽見爲
畦其爲 恚喻位 桂見位 街見鞋 佳見鞋

一

烏喻　英由 Y-　可下 H-　見其 K-　啟其 K'-　○岸 NG-　○言 J-　之杖 CH-　丑長 CH'-　則在 TS-

平上去入
-in 天典見別
-an 矜晚兆八
-wan 環挽幻刮
-an 申忍艮不
-wan 君尹困骨
-un 倫侶戲出
-un 門木半末
-un 今犬寸乙
-in 「竿翰曷
-im 添點欠帖
-am 監斬鑑甲
-um 金審浸十
-om 甘敢勘合
-ang 生獰幸則
-ang 彭棒便白
-wang 横○○或
-ing 厂丙正碩
-wing 榮永詠域
-ung 中總動卜
-ong 當辨壯學
-wong 王廣旺國
-yong 章兩上約

士部

鞋下剎 罣見卦 詿見卦
娃烏帝 哇烏帝 蛙烏帝
睦明卜
遠其厲
執岸世 蓺岸世 埶岸世 勢當世
熱言別 爇言別 爇心別
堯言天 嶤言天 饒言天 僥言天 嬈言天 翹其天 燒當天
澆見天 繞言小 遶言小 曉可小 僥可小 繞可交 橈尼交 撓尼卯

垂
垂時垂 陲時垂 箠時垂 錘長垂
唾時稅 棰之水 唾同個 郵由.

坐
坐在個 座在個 剉則個
挫則個 袞則個 蓌則個

孰
執之十 熱之十 墊杖不 贄之至
摯之至 鷙之至 藝厂欠

皇
皇尼帖
捏尼帖

坒
坒非世 陛非世
梐非世

垔
垔英申 甄英申
湮英申 煙英天

堂
堂同當
膛太當

坴
坴太卜
陸太卜

埶

堯

士
士士一 吐士一
仕士一

壬
壬由金 妊由甾
飪由甾 衽由甾

壯
壯之壯 莊之當
裝之當

壺
壺喻烏

壹
壹英不 噎英別
饐英至 懿英至

壼
壼敬尹

壽
壽時又 儔長由 疇長由 籌長由 疇長由
濤同刀 擣太老 幬太老 幬太老 鑄之去

夂部

夂
夂之希

夆
夆見非 降見非
降下當 絳見非

夆
夆扶中 峯非中 烽非中
鋒非中 蜂非中

夌
夌未丁 陵未丁 凌未丁
綾未丁 菱未丁

夋心倫 竣心倫 逡心倫 畯則盡 峻則盡 浚則盡 俊則盡
駿則盡 餕則盡 悛心全 酸心全 梭心何 唆心何

复

夊部

夊
夊當垂

夋

初學粵音切要

初學粵音切要

八

七前TS'	丁大T-	太同T'	心士S-	審時S'	非扶F-	丙並P-	篇磐P'	拈尼N-	拉來L-	乜明M-

吾五悟○ 加也亞○ 革篋卦○ 鞋乃界○ 乖夬怪○ 西啟世○ 爲鬼位○ 耶者夜○ 非彼利○ 希始至○ 調了上○ 於許去○ 須取序○ 垂水稅○ 哀宰代○ 回每罪○ 烏苦父○ 刀老路○ 何火個○ 戈果過○ 交卯教○ 由九又○ 天小照○

复扶卜 腹非卜 複非卜 輹非卜
馥非卜 蝮非卜 愎爲忌

夎
夎則中 𩣑則中

夏
夏下亞 廈下亞

夐
夐兵丁 瓊兵丁

夔
夔尼爻

夕部

夕
夕存忌

外
外岸代

夗
夗烏犬 苑烏犬 鴛烏令
怨烏卞 盌烏本

夙
夙心卜

多
多丁何 侈扯始

夕
哆丑始 移由希
爹丁耶

夜
夜由夜 液由益

夢
夢明動 懵乜中

大部

大
大大界 太太界
泰太界 汰太界

天
天太大

夫
夫非烏 扶扶烏 扶非烏
扶扶烏 芙扶烏

夬
夬見丸 決敬乙
決敬乙 駃敬乙

訣敬乙 玦敬乙 鈌可乙
抉烏乙 袂明世 快非界

夭
夭英夭 妖英夭 殀英夭
笑心照 沃英卜 飫烏去

央
央英章 殃英章 泱英章 秧英章
鴦英章 鞅英兩 映英丙

盎烏非

介
介見老 界岸路

失
失審不 佚由不 泆由不 帙大別
秩大別 迭大別 軼大別 跌丁別

夷
夷由希 姨由希
痍由希 荑同西

关

关古伯卒上寸切
朕似 送心動

关
关○○ 拳其全 眷見寸
券可寸 豢喻幻

夸
夸敬華 誇敬華 跨敬卦
桍非爻 刳非烏 洿烏丨

夾
夾見甲 筴見甲

英見甲 頰見甲 梜見甲 狹下甲 峽下甲
俠下甲 浹則帖 挾可帖 陝審點 㥦烏世

奄
奄英廉 淹英廉 閹英廉 俺英廉 醃英廉
掩英點 庵烏甘 菴烏甘 鵪烏甘

奇

初學粵音切要

TS-在則	CH'-長丑	CH-杖之	J-言○	NG-岸○	K'-共敬	K-共見	H-下可	Y-由英	·喻烏

平上去入	-een	-an	-wan	-an	-wan	-un	-oon	-ün	-on	-eem	-am	-um	-om	-ing	-ang	-wang	-ing	-wing	-ung	-ong	-wong	-eung
	天典見別	冷晚犯八	環挽幻刮	申忍民不	君尹困桔	倫盾遁出	門本半末	全犬寸乙	干罕翰曷	兼點欠帖	監斬鑑甲	金審浸十	甘敢勘合	生等幸則	彭棒硬白	横○○或	丁丙正碩	榮永詠域	中總動卜	當講壯學	王廣旺國	章兩上約

奇：奇其希　倚英始　竒見希　椅英始　騎其希　綺英始　琦其希　椅見始　崎敬希　寄見至

奈：奈尼代

奉：奉扶動　捧非總　俸非總　棒唪總

奏：奏則又　湊七又

奐：奐喻半　煥喻半　換喻半　瘓喻半　渙喻半　喚非半

契：契敬世　楔心別

奔：奔丙申

奓：奓丑加

套：套太路

奚：奚下西　溪敬西　徯下西　鷄見西　蹊敬西　雞見西　谿敬西

奞：奞心雖　奪大乙　獖扶忍

奠：奠大見

奢：奢丑耶

奧：奧烏路　澳烏路　懊烏老　燠英卜

奩：奩求廉

奭：奭省尺

奰：奰敝利

女部

女：女尼取　汝言語　女言語

奴：奴尼刀　帑尼刀　孥尼刀　努尼老　駑尼刀　弩尼老　伮尼刀　怒尼路

好：好可老　好可路

如：如言於　茹言去

恕審去　絮士取

妥：妥同火　綏審垂　挼尼何　荽審垂　餒[illegible]

妻：妻七西　悽七西　淒七西　棲七西

妾：妾七帖　接則帖

委：委烏鬼　萎烏鬼

誘烏鬼　倭烏戈　矮烏駡　巍岸西　倭烏駡　魏岸世

姦：姦見冷

威：威烏威

婁：婁求由　髏求由　樓求由　鏤求又　僂求由　縷求序　慺求由　屢求取

屨其語　窶其語

嬰：嬰英丁　鸚英丁　櫻英丁　嬰英丁　纓英丁　嚶烏生

子部

初學粵音切要

七前 TS' | 丁大 T- | 太同 T' | 心士 S- | 審時 S' | 非扶 F- | 丙邊 P- | 婆 P' | 拈尼 N- | 拉來 L- | 乜明 M-

ng 吾五悟○ | a 加也亞○ | wa 華畫卦○ | ai 鞋乃界○ | wai 乖夬怪○ | y 西洗世○ | wy 為鬼位○ | ë 耶者夜○ | ey 非彼利○ | e 希始至○ | ze 詞子士○ | ü 於語去○ | üy 須取序○ | oey 垂水稅○ | oy 哀宰代○ | ooey 回每罪○ | u 烏苦父○ | ou 刀老路○ | o 何火個○ | wo 戈果過○ | au 交卯教○ | au 由九又○ | iu 天小照○

子 子則子 耔則子 仔則子 字在士 孜則詞 孖也加
孑 孑敬別
孔 孔可總 吼可九
存 存前全 荐則見 洊則見
孚 孚非烏 俘非烏 桴非烏 郛非烏 浮扶由 乳言語 孵
孛 孛並末 勃並末 悖丙罪 悖並末
孝 孝可教 哮可交 酵見教 教見教
孟 孟明孕 猛明等
季 季見位 悸見位
孯 孯其丁
孫 孫心全 遜心叠
孰 孰時卜 熟時卜 塾時卜
孱 孱時閒 潺時閒

宀部

宀 宀明天
宁 宁長靜 佇長靜 苧長靜 竚長靜 貯長靜
宂 宂由總
它 它同何 佗同何 沱同何 陀同何 鮀同何 駝同何 拕太何 舵同火 蛇時耶
宅 宅杖白 咤丑亞 詫丑亞
守 守省九
安 安烏干 鞍烏干 桉烏翰 案烏翰 晏烏犯 宴英見
宋 宋心動
完 完喻全 院喻寸 莞見本 筦見本 浣烏本
宓 宓明不 密明不 蜜明不
宕 宕大兆
宗 宗則中 綜則中 踪則中 棕則中 崇士中
官 官見門 棺見門 管見本 館見本 逭見本 琯見本
定 定大正 錠大正 綻杖犯 靛大見
宛 宛烏犬 婉烏犬 埦烏犬 腕烏本 碗烏本 椀烏本
宜 宜言希 誼言至
客 客可白 額岸白
宣 宣心全 喧可全 暄可全 萱可全 諠可全
宦 宦喻幻
宰 宰則宰 滓則子
寒 寒拉亞 蹇見典 騫可天 搴可天 褰可天 寒下干 塞心則 寨杖界 賽丑代 塞丑代
害 害下代 轄下不 瞎下不 豁見末 割見葛
家

初學粵音切要

平上去入
天典見別
冷晚犯八
環換幻刮
中忽畏不
君尹困骨
綸信蒜出
門本十末
今大丁乙
丁字論呂
[illegible]帖
監[illegible]甲
金[illegible]十
日[illegible]合
井[illegible]則
[illegible]
構[illegible]○或
丁丙正[illegible]
榮永詠[illegible]
中[illegible]勒卜
當[illegible]壯學
[illegible]
[illegible]上約

家見加 嫁見亞 稼見亞 瀕英典

容 容由中 蓉由中 鎔由中 榕由中

寇 寇敬又 蔻敬又

寡 寡見寡

宿 宿心卜 宿心又 縮心卜

寧 寧尼丁 嚀尼丁 濘尼正 瀞尼正

寃 寃烏全

審 審審 嬸審

寅 寅由中 黃由中

寫 寫心者 瀉心夜

寬 寬非門

寶 寶內老

寸部

寸 寸七寸 忖七夫 村七令 酬权又 紂权又 肘之九 討大老

寺 寺在上 詩當希 侍長希 恃权至 峙权始 時权始 侍非至 待大代 等丁等 待大代

豸 豸不出 捋拉乙 豸見數

导 导片代 碍片代 得丁則

封 封非中 葑內當

尃 尃之今 磚之今 甎之今 傳長今 傳長十 團同今

將 將則章 將則上 槳則兩 將則兩 獎則兩 蔣則上 漿則章

射 射[illegible]夜 射由忌 射[illegible]忌 麝非夜 謝作夜

尋 尋同今 尋之夫 轉之夫

專 專非[illegible] 團[illegible] 傳扶交 博扶交 膊扶交

博 博內學 搏內學 溥內學 薄內學 縛扶學

尉 尉烏位 慰烏位

尊 尊則令 蹲前令 樽則大 噂則侖 僔則侖 遵則侖

尋 尋前令 潯前令

尌 尌時去 樹時去 樹時語

對 對丁罪 懟大罪

小部

衣粵音七要

七 吾九恃○
前 加也亞○
TS 坐寡卦○
大 鞋乃界○
T 乖丸怪○
同 西改世○
T 爲鬼位○
心 卸者夜○
S 非彼利○
甯 希始奇○
時 詞子士○
S 於語去○
扶 須取序○
F 垂水稅○
丙 哀宰代○
梅 回每罪○
P 烏若交○
器 刀老路○
P 何火個○
括 戈果過○
尼 交卯教○
N 由九又○
拉 天小照○
木

小 小心小 少 少甯小 少甯照 妙明照 妙明照 杪明小 杪明小 尒 尒宜始 趍七艮

秒明小 抄丑交 鈔丑交 炒丑卯 砂甯加 紗甯加 你尼始

尖 尖則廉 尙 尙時上 裳時裳 嘗時裳 寮見賓 尞 尞未天 僚未天 嘹未天

掌之兩 棠同當 倘太塀 隙見賓 寮未天 燎未天 獠未天

遼未天 瞭未小

憭未小 潦未路

尢部

尢 尢烏王 尤 尤出l 地 地未息 抛篇交 尨 尨篇當 就 就作又 蹴七卜

尸部

尸 尸甯希 屍甯希 屎甯始 屎可希 尹 尹喻少 笋心居 尺 尺丑石 尼 尼尼非 尼枯忌 呢尼非 坭尼西 泥尼西 尾

尾明彼 尿 尿尼照 局 局其卜 挶其卜 居 居見於 据見去 琚見於 裾見於 倨其去 踞其去 鋸見去 屈 屈非不 窟非不

掘其骨 屋 屋烏卜 屖烏則 握烏則 屑 屑心別 展 展之典 碾之典 輾之典 扁 扁未又 漏未又 屬

屭時卜 屭之卜 嘱之卜 屬之卜

烏喻	英由 Y-	何下 H-	見共 K-	啟共 K'-	〇岸 NG-	〇言 J-	之奴 CH-	丑長 CH'-	則在 TS-

	平上去入
-ēn	天典見別
-an	飡晚抛八
-wan	環挽幻刮
-ăn	申忍艮不
-wăn	君尹困屈
-un	倫居盡出
-oon	門本半末
-ün	全犬寸乙
-on	干罕翰曷
-ēm	廉險欠帖
-am	監斬鑑甲
-ăm	金審浸十
-om	甘敢勘合
-ăng	生等杏則
-ang	彭棒硬白
-wang	横〇〇或
-ing	丁丙正碩
-wing	榮永咏域
-ung	中總動卜
-ong	當講壯學
-wong	王廣旺國
-eong	章兩上約

屮部

屮 屮孔別

屯 屯之倫 純時倫 囤同全 沌大盡 肫之倫 鈍大設 肫之倫 頓大盡

㞢 㞢之希 旹時希

屰 屰由且 逆由忌

山部

山 山審餐 訕審犯 汕審犯 仙心天

岑 岑時金 涔時金

岡 岡見當 鋼見當 剛見當 綱見當 崗見當

島 島丁老 搗丁老

崔 崔七回 催七回 摧作回

嵐 嵐來監

嵩 嵩心中

巛部

巛 巛丑全 巡前倫 災則哉

川 川丑全 順時盡 訓非艮 馴前倫

[illegible] [illegible]求別

州 州之由 酬長由 洲之由

巠 巠見丁 頸見丙 經見丁 徑見正 涇見丁 逕見正 輕可丁 脛見正 陘由丁 勁共正 剄見丙 莖共丁

𡿺 𡿺〇〇 碯尼老 腦尼老 惱尼老 瑙尼老

巢 巢長交 繅心鳥

巤 巤來帖 臘來甲 獵來帖 蠟來甲 剿則小 勦則小

工部

初學粵音切要

七都 丁 大 太同 心士 沙時 非扶 丙薄 舖磐 枯尼 拉來 口明

吾五偩○ 加也亞○ 花蔡佳○ 非乃奈○ 乖共怪○ 西微世○ 烏鬼位○ 耶爺夜○ 非波利○ 希始至○ 詞子士○ 於師去○ 須取序○ 垂水稅○ 哀字代○ 回每罪○ 烏若父○ 刀老路○ 何火個○ 戈果過○ 交卯教○ 由九又○ 天小照○

工 工見中 攻見中 功見中 紅下中 鴻下中 虹下中
全同中 汞可動 江見當 杠見當 釭見當 扛啟當

巨 巨共去 詎共去 鉅共去 炬共去
秬共去 柜共給 距共給 矩見語

巫 巫明烏 誣明烏
覡下起

左 左則火 佐則個

差 差丑加 差丑斜 差七嗣
槎長加 嗟則耶 傞則何

巩 巩見總 鞏見總
恐可總

矽則何 跣則何
瘥則何

己部

己 己見始 已由始 杞見始 紀見始 圮見始 屺見始
汜見始 起可始 記見至 配滂罪 改見宰 妃非一

巳 巳在士 祀在士

巴 巴丙加 芭丙加
葩丙加 爸丙加

吧丙加 𧦧磐加
爬磐加 把丙也

㠯 㠯由始 耜在上

卮 卮之希

巷 巷下共 港見講

巽 巽心蒜 饌杖犯 撰杖犯
撰心犬 選心犬

巾部

巾 巾見申

市 市非不 芾非不 肺非世
沛滂罪 佩滂罪 旆滂罪

市 市時始 柿詞子
鬧尼教 閙尼教

布 布丙交 佈丙交
怖丙交

希 希可希 稀可希
晞可希 絺可希

帚 帚之九 掃心路
婦扶苦

帛 帛並白 棉明天
綿明天

帝 帝丁世 蒂丁世
禘丁世 諦丁世

蒂丁世 締太世 蹄同西
啼同西 啻且至

帥 帥雀說 師心詞
獅心詞 篩心西

席 席在益
蓆在益

常 常時章
嫦時章

帶 帶丁界
滯杖世

烏喻·	英由-Y	可下-H	見共-K	敬共-K'	○岸-NG	○育-J	之杖-CH	丑長-CH'	則在-TS

	平上去入
-een	天典見別
-an	冷晚犯八
-wan	摂挽幻刮
-in	申忍艮不
-wän	君尹困骨
-un	倫盾歲出
-oon	門本爭末
-ün	全犬寸乙
-on	干罕翰曷
-oom	廉點欠帖
-im	監斬鑑甲
-am	金審浸十
-om	甘敢勘合
-ang	生等幸則
-ang	彭棒硬白
-wang	横○○或
-ing	丁丙正碩
-wing	榮永詠鶪
-ung	中總動卜
-ong	當翔壯學
wong	王廣旺國
-oong	窗兩上約

干部

干：干見干　杆見干　竿見干　肝見干　赶見竿　罕可竿　刊可竿　岸岸翰　扞下翰
汗下翰　犴下翰　旰下翰　釬下翰　奸見飡　軒可天　飦之天　訐敬別

平：平磬丁　評磬丁

泙磬丁　萍磬丁　伻丙生
秤丑丁　秤丑正

年：年尼天

幵：幵見天　妍育天　研育天　形由丁
邢由丁　開可宴　笄見西

幷：幷正丁　腁磬丁

瓶磬丁　駢磬丁　絣磬丁
迸丙ㄧ　屏丙ㄧ　餅丙ㄧ

幸：幸下幸　倖下幸
圉育部

幹：幹見翰
澣烏本

幺部

幺：幺英天

幻：幻喻幻

幼：幼英又
拗烏卯

幽：幽英由

幾：幾見始　幾見希　機見希
璣見希　磯見希　鐖見希

譏見希　饑見希

㡭：㡭見世　繼見世　斷丁寸
斷大寸　斷丁夬

广部

广：广英點

庄：庄之當
粧之當

庚：庚見生
賡見生

府：府非苦　俯非苦　㧍非苦
腑非苦　腐扶父

度：度大路
庹大學

渡大路

庫：庫非父
褲非父

庶：庶將去　遮之耶
蔗之夜

康：康可當　糠可當
慷敬那

庸：庸由中　傭由中
墉由中　慵由中

初學粵音切要　三

七前TS'	丁大T-	太同T'	心士S-	審時S'	非扶F-	丙並P-	篇磐P'	拈尼N-	拉來L-	乜明M-

'ng 吾五悟○　-a 加也亞○　-wa 華寡卦○　-ai 鞋乃界○　-wai 乖拐怪○　-y 西啟世○　-wy 爲鬼位○　-ia 耶者夜○　-iy 非彼利○　-e 希始至○　-ze 詞子士○　-ü 於語去○　-üy 須取序○　-ocy 垂水稅○　-oy 哀宰代○　-ooy 回每罪○　-oo 烏苦父○　-o 刀老路○　-o 何火個○　-wo 戈果過○　-au 交卯教○　-ow 由九又○　-iw 夭小照○

廉 廉來廉 鐮來廉 簾來廉　廚 廚長於　廛 廛長天 纏長天　廣 廣見廣 曠非光 擴敬國

廴部

廴 廴由忍　延 延由天 蜒由天 涎由天 筵由天 誕丁犯　廷 廷同丁 庭同丁 霆同丁 蜓同丁 挺同丙 梃同丙 艇同丙　建 建見一 健其見 鍵其見　廻 廻喻同

廾部

廾 廾見總　弁 弁並見　弄 弄來動　弇 弇英點 揜英點

弋部

弋 弋由益 鳶喻全 弒太益　式 式審益 栻審益 軾審益 拭審益 試審至 弑審至

弓部

弓 弓見中 躬見中 窮其中 穹其中　弔 弔丁照 吊丁照　引 引由忍 蚓由忍 矧之忍　弗 弗非不 佛非不 拂非不 艴非不 紼非不 佛扶不

烏喻- | 英由-Y | 可下-H | 見共-K | 敬其-K' | ○岸-NG | ○言-J | 之叔-CH | 丑長-CH' | 則在-TS

	平上去入
-een	天典見別
-en	飡晚犯八
-wan	環挽幻刮
-in	申忍艮不
-wän	君尹困乶
-un	倫盾遁出
-oon	門本半末
-ün	全犬寸乙
-on	干稈翰曷
-eem	廉黯欠帖
-am	監斬鑑甲
-um	金審浸十
-om	甘敢勘合
-ang	生等幸則
-ank	彭棒硬白
wang	橫○○畫
-ing	丁丙正碩
wing	榮永咏䓀
-ung	中總動卜
-ong	當抑壯學
wong	王廣旺國
-oong	章兩上約

咈扶不 費非世 怫非世 沸非世

弘 弘喻橫 泓喻橫

弟 弟大世 悌大世 第大世 苐大世 睇太啟 涕太世 剃太世 娣同啟 悌太西

弱 弱言約 嫋言約

溺尼息

强 强其章 强其兩 𢐀其兩

彐部

彐 彐見世

彖 彖同盾 篆士寸 櫞喻全 緣喻全 蝝喻全 喙烏位

彔 彔求卜 祿求卜 綠求卜 錄求卜 碌拉卜 剝內學

彗 彗士稅 篲喻位

慧喻位 嘒喻位

彙 彙喻位 彚求水

彝 彝由希

彡部

彡 彡審監 衫審監 杉丑監

彥 彥言見 諺言見 顏岸冷

㣑 㣑明卜 穆明卜

彭 彭[illegible]彭

彳部

彳 彳丑息

後 後下又

徙 徙心乃 蓰心詞

從 從前中 從前動 從心中 縱則動 縱則中 蹤則中 聳心總 慫心總

御 御言去 禦言去

復 復扶卜 復扶又 覆非卜 覆扶又 履求彼

微 微明非 薇明非

徵 徵之丁 懲長丁

七前TS'　丁大T-　太同T'　心士S-　審時S'　非扶F-　丙鼻P-　篇勞P'　粘尼N-　拉末L-　乜明M-

ng 吾五悟○　a 加也亞○　wa 華寡掛○　ai 鞋乃界○　wai 乖夬怪○　y 西洗世○　wy 爲鬼位○　ea 卯考夜○　iy 非彼利○　e 希始至○　ze 詞子士○　ü 於語去○　üy 須取序○　oey 垂水稅○　oy 哀改代○　ooey 回每罪○　oo 烏苦父○　oo 刀老路○　o 何火個○　wo 戈果過○　ao 交卯教○　ow 由九又○　eiv 天小照○

心部

心 心心金　怎之審　沁七浸

必 必丙別　閟丙利　祕丙利　泌丙利　謐明不　瑟審不

忌 忌共至　跽共位

忍 忍由忍　認由貫

志 志之至　誌之至　痣之至

忝 忝同點　添太廉

念 念尼欠　唸大見　驗官欠　捻尼帖　稔尼審　諗審一

忽 忽非不

思 思心詞　偲心士

腮審衰　葸審敬

急 急見十

怱 怱七中　葱七中

恆 恆下生

恩 恩英申　蒽英申

息 息心息　熄心息　媳心息

悉 悉心息

患 患喻幻　聽杖犯

悤 悤七中　總則從　窗丑章　聰七中　蔥七中　惌丑章

悳 悳丁則　德丁則

惠

惠喻位　穗士稅

惡 惡烏學　噁烏一　惡烏文

惢 惢心火　蕊由水

意 意英至　臆英息　噫英希　億英息　憶英息

愛 愛烏代　曖烏宰

感 感見敢　撼下勘　憾下勘

㥯 㥯英忍　隱英忍　檃英忍　穩烏尹

慮 慮來序　濾來序　鑢來序

慶 慶可正

憂

憂英由　優英由　櫌英由　擾育小

憲 憲可見

戈部

戈 戈見戈　找之卯

戉 戉下乙　鉞下乙　越下乙　樾下乙

戊 戊明父　茂明又

戍 戍審去

戌 戌心出

𢦏

喻烏 | 炎由-Y | 可下-H | 見其-K | 啟其-K' | 〇岸-NG | 〇言-J | 之杖-CH | 丑長-CH' | 則在-Ts'

	平上去入
-ean	天典見別
-an	姦晚犯八
-wan	彎挽幻刮
-ăn	申忍艮不
-wăn	君尹困屹
-ŭn	倫盾論出
-ōn	門本半末
-ün	全犬寸乙
-on	干竿翰葛
-ēm	廉點欠帖
-am	監斬鑑甲
-ăm	金浸沁十
-om	甘敢勘合
-ăng	生等幸則
-ang	彭棒硬白
-wang	橫〇〇或
-ing	丁內正碩
-wing	榮永詠𢧵
-ung	中總動卜
-ong	當綁壯學
-wong	王廣旺國
-ëong	章兩上約

𢦏則哀哉則哀栽則哀裁前哀
載則代𢧵則宰𢧵七士
娥岸何峨岸何俄岸何蛾岸何
莪岸何鵝岸何餓岸個
殘前谷剗丑晚
齹之晚棧杖犯

戠
𢦸之忌織之忌職之忌識審忌
識之至熾丑至幟丑至

戎
戎由中
絨由中

戒
戒見界誡見界
械下界

或
或喻或惑喻或閾喻或棫喻或
域喻或緎見或魊英卜

戜
戜杖不
鐵太別

成
成時丁城時丁誠時丁
盛時正盛時丁

戔
戔則天箋則天錢前天淺七典
賤在見踐前典餞則見濺則見

戚
戚七忌慼七忌
蹙七卜

截
截在別

戴
戴丁界

我
我岸火
哦岸何

戛
戛烏八

戶部

戶
戶喻父扈非父
妒丁路

戾
戾末稅淚末稅
唳末稅捩末世

扁
扁內典匾益大篇益天偏益天翩益天
編內天蝙磬天徧益見遍益見騙益見
褊益典
匾內典

扇
扇審見煽審見
謆審見

扈
扈喻父
滬喻父

手部

手
手審九

才
才前哀材前哀財前哀
閉內世在在代𧂐則詞

承
承時丁

折
折之別哲之別晢之別
浙之別誓時世逝時世

拜
拜內界
湃內界

[illegible]粵音切要

一七

七前TS' 丁TS 大T- 太T 同T' 心士S- 嗇時S' 非F- 扶F 內 鱸P- 縮P' 磐P 枯 尼N- 拉L 來L- 亞 明M-

吾五悖〇 加也亞〇 華森卦〇 耕乃界〇 乖丑怪〇 西微世〇 居鬼眥〇 耶者夜〇 非彼利〇 希始至〇 詞子士〇 於語去〇 須取序〇 垂水稅〇 哀宰代〇 回每罪〇 烏若父〇 刀老路〇 何火個〇 戈果過〇 交卯教〇 由九又〇 天小照〇

支部

支 支之希 枝之希 肢之希 岐共希 歧共希 伎共希 伎共至
枝共至 忮共至 妓共千 芰共至 屐共石 翅丑至

攴部

攴 攴篇學 枚明冏
牧明卜
攸 攸由一 悠由一 脩心由 修心由
倏謝卜 條同天 滌大忌
攽 攽敬一 啟敬一
肇時照
敄 敄明爻 務明爻 霧明爻 鶩明爻
鶩明爻 婺明爻 嵍明由
敏 敏明忍
緐扶冷
救 救孔呈 嫩尼寸
漱心又
敖 敖岸路 傲岸路
遨岸刀 鰲岸刀
敗
獒岸刀 嗷岸刀
熬岸刀 贅之稅
敝 敝鱸世 幣鱸世 斃鱸世 弊鱸世
蔽內世 撇篇別 瞥篇別 鱉內別
敞
敞丑鄙
敢 敢見敢 橄見敢
瞰可鑑
散 散心犯
撒心八
敦 敦丁倫 墩丁倫
燉丁倫 鐓大罪
敫 敫由約 激見亡
邀英天 皦可照
敬 敬見正 儆見內 警見丙
驚見丁 擎共丁
敵 敵丑別 滴丑別 徹丑別
撤丑別 轍丑別
徼見小 繳見小 微見小
覈下不 撽下不
數 數帶路 藪帝老
數心學 擻心九

文部

文 文明中 蚊明中 紋明中 旻明中
汶明忍 紊未盡 吝未盡 斑內冷

斗部

斗 斗丁九 料丁九
斝見也 料未照

香港·澳門雙城成長經典

平上去入																
烏 喻	英 由 Y	可 下 H	出 見 其 K	微 其 K'	嗒 M	○	之	枚 CH	孔	H	在 則 TS					
天[illegible]見[illegible]	冷晚北八	還換幻刮	中忍見不	君尹同律	倫[illegible]出	門本[illegible]木	今夫[illegible]乙	下牛[illegible]	[illegible]欠[illegible]	[illegible]甲	金[illegible]下	日[illegible]合	生[illegible]	[illegible]門	構○或	丁內[illegible]	榮永[illegible]京	中[illegible]動卜	當[illegible]壯[illegible]	王廣[illegible]國	[illegible]中[illegible]約

斤部

斤 斤見巾 忻英巾 芹其巾 近其民 匠作上 所審欠 圻見希 祈其希 旂其希 沂由希

斥 斥丑益 坼丑白 拆丑白 訴心路 柝太恪

斬 斬之斷 暫作鑑

塹 塹前監 漸作欠

斯 斯心詞 廝心詞 嘶心西 撕心西

新 新心巾 薪心巾

斷 斲丁約 斷丁乂

方部

方 方非當 芳非當 鈁非當 妨非當 房扶當 防扶當 敀非非 放非卿 倣非卿 訪非卿 仿非卿 紡非卿

於 於烏於

施 施審希 旎由希 揓審希

旁 旁磐當 磅磐當 膀磐當 徬磐當 傍頗北 榜內卿 謗頗北 滂頗當

旅 旅來取 膂來取

旋 旋才全

斿 斿由一 游由一 遊由一

族 族作卜 簇作卜 鏃作卜 嗾作卜

无部

无 无明烏

旡 旡見乞

既 既見乞 暨敬乞 廐見又 慨敬代 溉敬代 概敬代 槩敬代 嘅敬代

日部

粵音切要

卅

吾五悟○ 加也啞○ 華嫁卦○ 斜乃界○ 乖夬怪○ 西設世○ 乃鬼位○ 即者夜○ 其彼利○ 希始至○ 詞子士○ 於許去○ 須取序○ 垂水稅○ 哀宰代○ 回每罪○ 烏苦父○ 刀老路○ 何火個○ 戈果過○ 交卯教○ 由九又○ 天小照○

日 日肉不

旦 旦丁犯 但大犯 坦太晚 袒太晚 胆丁斬 担丁監 怛太八

旨 旨之始 指之始 脂之希 詣岸敬

早 早則老 草七老

皁在路 皂在路

旬 旬前倫 狥前倫 殉前倫 洵心倫 荀心倫 詢心倫 郇心倫 恂心倫 絢下寸

旱 旱下罕 趕見罕 悍下翰 捍下翰

昆 昆見君 崑見君

鯤見君 琨見君 焜見君 混論閉 餛見困

昊 昊下路

昌 昌丑章 倡丑章 娼丑章 菖丑章 猖丑章 唱丑上

明 明明丁 萌明生 盟明生

昏 昏非中 婚非中 惛非中 閽非中

易 易由息 埸由至 蜴由息 賜七上 錫心昔 惕太昔 裼太昔 踢太昔

昔 昔心昔 惜心昔 踖心昔 借則夜 鵲七約 措七路

酷七路 錯七學 厝七學 蜡丑亞

昜 昜由章 楊由章 暘由章 楊由章 陽由章 颺由章 瘍長章 腸長章 暢丑上

星 星心丁 猩心丁 腥心丁 醒心丙

春

春丑倫 椿丑倫 蠢丑居

是 是時子 諟時至 匙時希 提同西 題同西 醍丁西 隄丁西 踶大世

昱 昱英卜 煜英卜

時 時時希 塒時希

晉

晉則盡 縉則盡 搢則見 戩則典

普 普滂苦 譜滂苦

書 書之乂

𥏫 𥏫長章 場長章 傷審章 殤審章 觴審章

景

景見丙 影英丙

晶 晶則丁

㬎 㬎可典 顯可典 濕溜十

暴 暴並路 曝並卜 嚗並卜 瀑並卜

曇 曇同監

曰部

曰 曰喻乙 曲可卜

曳 曳由世 拽由世 洩心別 絏心別

更 更見幸 更見生 梗見等 綆見等 哽烏等 硬岸硬 甦心烏

曷 曷下葛 褐下葛

烏喻	英由 Y-	可下 H-	見共 K-	敬共 K'-	○岸 NG-	○言小	之杖 CH-	丑長 CH'-	則在 TS-

平上去入
-een 天典見別
-ân 斧晚犯八
-wân 環挽幻刮
-ăn 巾忍貝不
-wăn 君尹困拂
-un 倫盾盡出
-oon 門本半末
-ün 全犬寸乙
-on 干罕翰葛
-um 庵糝欠帖
-âm 監斬鑑甲
-om 金㕭浸十
-um 甘敢勘合
-ăng 生等幸則
-âng 彭冷硬白
-wâng 橫○○或
-ing 丁丙正碩
-wing 榮永咏炅
-ung 中總動卜
-ong 當捌壯學
-wong 王廣旺國
-oeng 章兩上約

喝可曷 渴可曷 葛見曷 遏烏八 餲烏界 謁烏別 歇可別
蠍可別 蝎可別 竭敬別 碣敬別 楬敬別 揭敬別

曼
曼明犯 慢明犯 蔓明犯 幔明半
漫明半 墁明門 饅明中

曾
曾則生 曾前生 增則生 憎則生
層前生 嶒存幸 僧心生 繒則辛

書
書審於

曹
曹前刀 槽前刀
糟則刀 遭則刀

最
最則稅
嘬丑界

蕞七乙 撮七乙

替
替太世
僣太別

朁
簪七斬 憯七斬 鐕前監 簪則監
潛七浸 僭七欠 潛前廉

會
會下罪 會可罪 繪可罪
膾可罪 獪可罪 澮可罪

儈可罪 檜可罪 劊可罪 儈可罪
噲烏位 薈烏位 噲非界

月部

月
月言乙
刖喻乙

有
有由九 有由又 侑由又 宥由又 囿由又
痏非每 洧非每 賄非每 郁英卜

朋
朋磐生 崩丙生
淜篇生 棚磐彭

服
服扶卜

朔
朔審學 槊審學 搠審學 塑心路
溯心路 遡心路 愬心路

朕
朕○○ 滕同生 騰同生 縢同生
勝審正 勝審丁 賸由正

朝
朝之天 朝長天 潮長天
廟明照 嘲之交

木部

木
木明卜
沐明卜

未
未明利 味明利 寐明利 妹明罪
昧明罪 魅明罪 抹明罪 沫明罪

末
末明末
抹乜末

本
本丙本 笨磐本
鉢丙末 砵丙末

初粵音切要　下

七餡TS'｜丁大-T｜太同T｜心士-S｜沓時S｜非扶-F｜丙龍-P｜蕊登P'｜枯尼-N｜拉未-L｜叮明-M

吾五悟〇　加也亞〇　蔗寫卦〇　料乃界〇　乖夬怪〇　西恔世〇　爲鬼伲〇　耶者夜〇　非彼利〇　釆始至〇　詞子士〇　於語去〇　須取序〇　垂水稅〇　哀宰代〇　回海罪〇　烏普父〇　刀老路〇　何火個〇　戈果過〇　交卯教〇　由九又〇　夭小照〇

札　札之八

朮　朮時出　述時出　術時出

朱　朱之於　誅之於　株之於　銖之於　姝之於　侏之於　珠之於　硃時於　蛛之於

朵　朶丁火　朶丁火　躲丁火

束　束七士　刺七士　策丑白

李　李未彼

杏　杏下幸

呆　呆岸哀

束　東丑卜　速七卜　餗七卜　悚心總　竦心總　勅丑息　辣未八　疎鄧何

杰　杰共別

東　東丁中　凍丁動　棟丁動

杳　杳明小

松　松前中　鬆心中

析　析心息　淅心息　晳心息

林　林未金　淋未金　琳未金　霖未金　綝未金　森鄧金　彬丙中　焚扶中　棽未監

果　果見果　菓見果

裹見果　顆非火　夥非火　課非個　稞拉火　踝非瓦

枼　葉喻帖　楪喻帖　碟大帖　牒大帖　堞大帖　蝶大帖　揲大帖

某　某明九　謀明由　媒明回　煤明回

染　染言點

柔　柔言由　揉英九　蹂英九

査　査長加　渣之如

柬　柬見晚　揀見晚　諫見犯　練未見　鍊未見　煉未見

栗　栗未出　慄未出

桀　桀共別　傑共別　磔杖白

桑　桑心當　顙心掆

桼　桼七不　漆七不　膝心不

粱　粱未章　粱未章

梟　梟可夭

棗　棗則老

棄　棄可至

棘　棘見忌

楙　楙扶冇

楚　楚丑火

楙　楙明又　懋明又

業　業言帖

樂　樂岸學　櫟拉息　爍岸教　櫟拉息　樂未學　礫拉息　藥由約　轢拉息　鑠由約

樊　樊扶冷　攀篇冷

橐　橐太學　蠹丁路

欠部

TS-在則 | CH'-長丑 | CH-杖之 J-言○ | NG-岸○ | K'-其敬 | K-共見 | H-下可 | Y-由英 | ·輪烏

	平上去入
-een	天典見別
-an	冾晚犯八
-iwan	環挽幻刮
-ai	中忍民不
-wan	什尹困舟
-un	倫盾盡出
-oon	門本半末
-ün	全犬寸乙
-on	干旱翰曷
-eem	廉點欠帖
-am	監斬鑑甲
-um	金淋浸十
-om	甘敢勘合
-ong	生等幸則
-ang	彭棒硬白
-wang	橫○○或
-ing	丁丙正碩
-wing	榮永詠役
-ung	中總動卜
-ong	當講壯學
-wong	王廣旺國
-oong	章兩上約

欠 欠可欠 芡可欠 欽英金 嶔英金 歆英淋 飲英浸 坎可敢 砍可敢 歁音犬 吹丑垂 吹丑稅 瓷前詞

欣 欣英申 掀可天

欸 欸敬乙 闕可乙

欵 欵非本

次 次七士 恣七士 姿則詞 粢則詞 咨則詞 資則詞 諮則詞 茨前詞

止部

止 止之始 址之始 沚之始 祉之始 耻丑始 趾之始 企敬始 扯丑者

正 正之正 症之正 政之正 証之正 征之丁 整之丙 罡見當

此 此七子 呰七子

紫則子 疵前詞 貲則詞 雌七詞 些心那 柴長鞋 嘴則水

步 步曲父 陟之息 涉審帖 騭之不

武 武明若 鵡明若 斌丙中 賦非父

歰 歰審十 澀審十

歲 歲心稅 穢烏位

歷 歷來息 瀝來息 靂來息 䍥拉息 櫪拉息

歸 歸見威

歹部

歹 歹丁乃

死 死心子 葬則壯

奴 叔前谷 餐七谷

殄 殄同典 餮太別

殳部

殳 殳時於 芟審監 疫由息 役由息 投同由 骰同由 毆丑別 股見苦

段 段大寸 緞大寸

殼 殼可學 慤敬學 觳下卜 穀見卜 轂見卜 轂敬又 彀敬又

袖粵音切要　廿

七節TS'	丁大T-	太同T'	心士S-	審時S'	非扶F-	丙爺P-	磬蔡P'	拈尼N-	拉來L-	乜明M-

香五悟〇 -ng
加也亞〇 -a[r]
遮寨卦〇 -iya
鞋乃界〇 -ae
乖夬怪〇 -wae
西敬世〇 -y
爲鬼偽〇 -iiy
耶者夜〇 -ia
非彼利〇 -ey
希始豈〇 -e
詞子士〇 -ze
於語去〇 -ü
須取序〇 -üy
垂水稅〇 -oey
衰宰代〇 -oy
回每罪〇 -ooey
烏苦父〇 -oo
刀老路〇 -o
何火個〇 -o[r]
戈果過〇 -wo
交卯教〇 -aou
由九又〇 -ow
夭小照〇 -ow

殷 殷英申 慇英申
殸 殸可正 罄可丁 馨可正 聲審丁 磬可正
殹 殹烏世 醫英希 翳烏世
殺 殺審八 殺審界
轂
毄見益 擊見益 繫下世
殿 殿大見 臀同仝 癜大見
毀 毀烏鬼 譭烏鬼 燬烏鬼
斅 斅在學 斆在學

毋部

毋 毋明烏 姆明苦 母明苦
每 每明每 梅明回 悔非罪 海可宰 晦非罪 侮明苦 誨非罪
毒 毒大卜 纛大卜

比部

比 比丙彼 妣丙彼 紕(?)ꟷ 毗並利 秕非 琵(?)ꟷ
比 比丙彼 毖並利 妣丙彼 庇丙利 秕並非 屁丙利 琵磐非 批磋西
毘 毘磐非 貔磐非
毚 毚前監 儳前監 讒前監 纔前哀

毛部

毛 毛明刀 耄明路 旄明刀 毷明路 髦明刀 耗可路 毫下刀
毳 毳之稅

气部

气 气可至
氣 氣可至 餼可至

氏部

氏 氏時至 紙之始 祇其希 舐時乃 祇之始
氐 氐丁敬 呧丁敬 底丁敬 低丁西 抵丁敬 羝丁西 邸丁敬 胝丑希 詆丁敬 蚳長希
民 民明申 岷明申

則在TS-	丑長CH'-	之杖CH-	○啓J-	○岸NG-	敬其K'-	見其K-	可下H-	英由Y-	喻烏

平上去入
-ín 天典見別
-án 价嗁犯八
-wán 環挽幻刮
-ăn 申忍艮不
-wăn 君尹困㩁
-ün 倫宿盛出
-ŭn 門本半末
-ün 全犬寸乙
-ō 下竿蝸曷
-ĭm 廉點欠帖
-ām 監斬鑑甲
-ăm 金泔沁十
-ŏm 甘敢勘合
-ăng 生等辛則
-āng 彭棒硬白
wang 橫○○或
-ing 丁丙訂碩
-wing 榮永咏泉
-ung 中總動卜
-ong 常掰壯學
wong 王廣旺國
-öong 章兩上約

珉 明巾　眠 明天　泯 明忍

水部

水　水 甯水

氶　氶 喻氶　泳 喻咏　咏 喻咏　脉 明則　詠 喻咏

沓　沓 大甲　踏 大甲

淵　淵 烏仝

次　次 由天　羨 士見　谿 大路

淼　淼 明小

渠　渠 其於

沙　沙 甯加　渉 甯加　娑 心何

汜　汜 非犯　范 扶犯

湯　湯 大當　蕩 大非　盪 大非

泉　泉 前仝　線 心見

求　求 其由　毬 其由　裘 其由　球 其由　逑 其由　救 見又

波　波 內何　婆 盤何

火部

火　火 非火

烏　烏 烏一　鳴 烏一　塢 烏苦

灰　灰 非回　恢 非回　詼 非回　盔 敬烏　炭 太犯

烕　烕 明別　滅 明別

炎　炎 由亷　淡 大鑑　啖 大鑑　痰 同監　談 同監

灸　灸 之石

烝　烝 之丁　蒸 之丁

焉　焉 下天　焉 英天　鄢 英天

𤇾　𤇾 ○○　營 由丁

熒　熒 由丁　滎 由丁　瑩 由丁　縈 喻熒　營 其丁　鶯 烏生

無　無 明烏　蕪 明烏　憮 非巫　舞 明苦　憮 明苦　廡 明苦

然　然 言天　燃 言天　燃 言天

焦　焦 則天　蕉 則天　樵 前天　譙 前照　醮 則照　瞧 之燋

煞　煞 審八

煩　煩 扶然

熏　熏 非中　薰 非中　勳 非中　曛 非中　壎 可仝

燕

初學粵音切要

七崎TS' | 丁大T- | 太同T' | 心士S- | 啲時S' | 非扶F- | 丙䰻P- | 稿婆P' | 枯尼N- | 拉來L- | 乜明M-

吾五悟○ 加也嘢○ 爺寫卦○ 斜乃界○ 乖拐怪○ 西洗世○ 爲鬼位○ 咩者夜○ 非彼利○ 希絲至○ 詞子士○ 於鋸去○ 須取序○ 垂水稅○ 哀宰代○ 回每罪○ 烏苦父○ 刀老路○ 何火個○ 戈果過○ 交卯教○ 由九又○ 天小照○

燕英見 燕英天 燕英典

燮 燮心別 燮心別

孌 孌七寸

爪部

爪 爪之卯 抓之卯

爭 爭之生 箏之生 諍杖幸 靜在正 淨在正 睜在正

坙 坙由金 淫由金

再 再丑丁 稱丑丁 稱丑正

夋

爰喻全 援喻全 煖尼犬 暖尼犬 緩喻半

爲 爲喻爲 爲喻位 僞我世 嬀見爲

𤔔 𤔔末寸 亂末寸 辭前詞

爵 爵則約 嚼在約 嚼在約 爝則臘

父部

父 父扶父 斧非者 釜非者

爻部

爻 爻岸交 殽丙孝

爽 爽齒耕

爾 爾音始 邇音始 瓕明非 彌明非 璽心乃

爿部

爿 爿前墻 牀長窗 戕前墻 狀杖壯

片部

片 片篇見 牑由九

牙部

牙 牙岸加 芽岸加 呀可加 鴉烏加 訝岸亞 迓岸亞 雅岸也 穿丑全

牚 牚丑生 撐丑生

平上去入	-een	-an	-wan	-an	-wan	-un	-oon	-un	-on	-eem	-am	-am	-om	-ang	-ang	wang	-ing	wing	-ung	-ong	wong	-eong
	天典見別	冷晚犯八	環挽幻刮	申忍艮不	君尹困骨	倫盾論出	門本半末	全犬寸乙	干罕翰曷	廉歛欠帖	監斬鑑甲	金審浸十	甘敢勘合	生等幸則	彭棒硬白	橫○○或	丁丙正碩	榮永咏疫	中總動卜	當綁壯學	王廣旺國	章兩上約

烏喻· ｜英由 Y-｜可下 H-｜見其 K-｜敬其 K'-｜○岸 NG-｜○言 J-｜之杖 CH-｜丑長 CH'-｜則在 TS-

牛部

牛　牛岸由　牡明九　牢來刀

牟　牟明由　眸明由　麰明由

牽　牽可天

犀　犀心西　穉杖至　墀長希　遲長希

犬部

犬　犬可犬　吠可犬　吠扶世

犮　犮離末　跋離末　鈸離末　拔離不　髮非八

狂　狂其王　誑非綁

狄　狄大益

狊　狊見畓　闃見萴

猋　猋丙夭　飆丙夭

獄　獄由卜　嶽岸學

獻　獻可見　讞可見

玄部

玄　玄喻全　鉉下天　絃下天　弦下天　眩喻才　衒喻才

兹　兹則詞　玆則詞　孳則詞　滋則詞　慈前詞　磁前詞

率　率畓出　率未出

玉部

玉　玉由卜　鈺由卜

王　王喻王　王喻旺　旺喻旺　汪烏王　尪烏王　枉烏廣

玨　玨見學

班　班丙晏

瓜部

瓦部

七	論TS'	丁T	大T-	太T'	同T'-	心S	士S-	遜	時S'	非F	扶F-	丙P	並P-	篇P'	牸P'-	拈N	尼N-	拉L	木L-	乜M	咩M-	
ng 吾五悟○	[?] 加也亞○	wa 華寡卦○	ai 鞋乃界○	wai 乖拐怪○	e 西啟世○	wy 爲鬼位○	ei 耶者夜○	iy 非彼利○	o 希始至○	zu 詞子士○	ü 於語去○	üy 綏取序○	ooy 垂水稅○	oy 哀宰代○	ooey 回每罪○	ou 烏苦父○	oo 刀老路○	[?] 何火個○	wo 戈果過○	aou 交卯教○	ow 由九又○	iw 夭小照○

瓜 瓜見華 孤見烏 觚見烏 呱見烏 狐喻烏 弧喻烏

瓦 瓦摩也

甘部

甘 甘見甘 疳見甘 柑見甘 酣下甘 邯下干 紺見勘 拑其廉 箝其廉 鉗其廉 嵌可鑑

甚 甚時浸 斟之金 堪可甘 勘可勘

生部

生 生審生 牲審生 甥審生 旌則丁 姓心正 性心正 往喻廣 甡心中

產 產丑晚

甤 甤由稅

用部

用 用喻動

甫 甫非苦 脯非苦 俌幫烏 蒲幫烏 匍幫烏 鋪篇烏 哺丙烏 逋丙烏 捕並路 舖篇父 埔篇烏 浦丙苦 圃丙苦 補丙苦 喃丙烏 輔扶父 敷非烏

甬 甬由總 踊由總 俑由總 湧由總 勇由總 恿由總 涌由總 涌丑中 痛太動 誦前動 桶太總 通太中

葡 葡並利 備並利 憊蒲界

田部

田 田同天 鈿同天 佃大見 甸大見

由 由喻由 油喻由 紬長由 抽丑由 柚由又 岫在又 袖在又 宙杖又 胄杖又 妯杖又 迪大息 笛大息 軸杖卜

甲

烏喻	英由Y-	可下H-	見共K-	敬其K'-	○岸NG-	○言小	之杖CH-	丑長CH'-	則在TS-

	平上去入
-ean	天典見別
-an	冷晚把八
-wan	環挽幻刮
-an	申忍民不
-wan	君尹困骨
-un	倫盾慮出
-oon	門本半末
-un	金犬寸乙
-on	干旱翰曷
-eem	廉點欠帖
-am	監斬鑑甲
-om	金沁浸十
-um	甘敢勘合
-aong	生等幸則
-ang	彭棒硬白
-wang	橫○○或
-ing	丁丙正碩
-wing	榮永咏京
-ung	中總動卜
-ong	當網壯學
-wong	王廣旺國
-eong	章兩上約

甲 見甲 鴨 烏甲 押 烏甲 呷 可甲
匣 下甲 柙 下甲 狎 下甲

申 中 當中 仲 當申 呻 當申
紳 當申 坤 敬於 神 時申

男 男 尼監

甹 甹 丙丁
娉 篇正

騁 篇正
聘 篇正

甾 甾 則詞 緇 則詞 輜 則詞
緇 則詞 錙 則詞

畀 畀 丙彼 畁 並利
稗 並世

畏 畏 烏位
喂 烏位

畐 畐 非卜
福 非卜

幅 非卜 富 非父 副 非父
逼 丙息 偪 丙息 匐 並白

畜 畜 丑卜
蓄 丑卜

畟 畟 則忌
稷 則息

畢 畢 丙不
嗶 丙不

番 番 非分 幡 非分
翻 非分 譒 非分

繙 非分 嬏 非分 潘 扶分 燔 扶分 蕃 扶分 藩 扶分
蟠 發門 潘 篇門 翻 發何 嶓 發何 播 丙個

畫 畫 喻或 劃 喻或
畫 喻卦

異 異 喻至 冀 敬至
驥 敬至 翼 由忌

留 留 未由 榴 未由 畱 未由
瘤 未由 溜 未又 遛 未又

當 當 丁當
噹 丁壯

畺 畺 見章 僵 見章 疆 見章
韁 見章 彊 其章

畾 畾 未回
纍 未回

疊 未同
壘 未水

曡 疊 大帖

疋部

疋 疋 篇不

疌 疌 尼帖 捷 在帖
婕 在帖

疐 疐 之至
懥 丑至

疑 疑 言希 嶷 言希 凝 言始
嶷 由忌 凝 由丁 礙 岸代

疒部

疒 疒 尼白 疾 前不 槉 前不
嫉 前不 蒺 前不

七前TS'｜丁大T-｜太同T'｜心士S-｜審時S｜非扶F-｜丙並P-｜篇婆P'｜枯尼N-｜拉來L-｜乜明M-

-ng	吾五悟○
-a	加也亞○
-wa	華寡卦○
-ai	鞋乃界○
-wai	乖夬怪○
-y	西敞世○
-wy	爲鬼位○
-ê	耶者夜○
-ey	非彼利○
-e	希始至○
-z	詞子士○
-ü	於語去○
-üy	須取序○
-oey	垂水税○
-oy	哀宰代○
-ooy	回每罪○
-o	烏苦父○
-oo	刀老路○
-o	何火個○
-wo	戈果過○
-au	交卯教○
-ow	由九又○
-ew	夭小照○

癶部

癶 癶丙末

癸 癸見位 揆其鬼 睽其鬼 葵其爲

發 發非八 廢非世 撥丙末 潑篇末

白部

白 白並白 伯丙白 柏丙白 拍篇白 魄篇白 怕篇亞 帕篇亞 迫丙白 [illegible]丙白 粕篇學 泊並學 舶並學

百 百丙白 栢丙白 弼並不 陌明則 貊明則

皀 皀可章 卿可丁 遑喻王 凰喻王 徨喻王

見 見明教 貌明教 藐明小 邈明學

皆 皆見鞋 喈見鞋 偕見鞋 楷見鞋 階見鞋 堦見鞋 諧下鞋

皇 皇喻王 煌喻王 惶喻王 蝗喻王

皛 皛下小

皮部

皮 皮婆非 疲婆非 披篇非 彼丙彼 被鮑利 破篇個 簸篇個 頗篇火 跛篇火 坡丙何 玻丙何 陂丙何

皿部

皿 皿明丙

盈 盈由丁 楹由丁

益 益英息 謚英息 溢由不 鎰見今 縊烏世 隘烏界

昷 昷烏君 溫烏君 氳烏君 瘟烏君 薀烏君 殟烏君

二

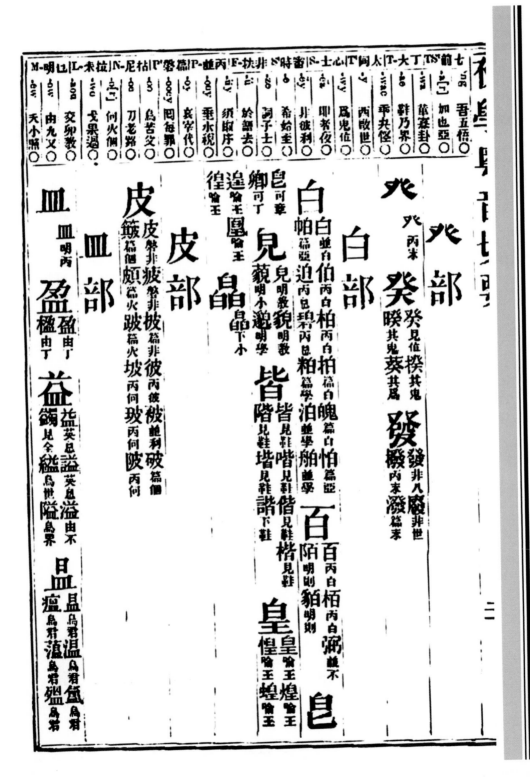

鵠。英 由-Y 叫 下-H 見 共-K 啟 共-K' ○ 岸-NG ○ 者 之 叔-CH 長 丑-CH' 則 在-TS

平上去入
天典見別
奄曉兜八
環挽幻刮
中忍貝不
君尹困卒
倫侖崙出
門本半末
今犬子乙
丁宇翰島
孫拙欠帖
監斬濫甲
金審浸十
甘敢勘合
生菁宇則
彭棒硬白
橫〇〇或
丁冋正碩
榮永咏案
巾緊動卜
當朔狀學
七廣旺國
章兩上約

檻烏尹 艦烏尹 縋烏尹
㯺烏 媼烏老
藍木監 濫木濫 檻木濫 臘木濫
監見濫 鑑見濫 鑒見濫

盍 盍下合 闔下合 磕下合
蓋見代 盡由火

盥 盥非本

盡 盡作盡 燼則居

盧 盧來刀 蘆來刀 爐來刀 鑪來刀
矑來刀 驢來須 廬來須 臚來須

監 監見監 鑑來監

目部

目 目明卜

直 直叔足 値叔足 植叔叔
殖叔足 置之去 値叔世

相 相心章 湘心章 箱心章
想心上 想心兩

盾 盾同居 腯同居

遁大盈
循前倫

省 省心姓 省心丙
惜心丙

眇 眇明小
渺明小

眉 眉明非 楣明非 湄明非
湄明非 媚明非 媚明利

看 看可干
看可翰

罘 罘大甲
鰥見環

眞 眞之申 嗔丑申 鎭之艮 縝丑忍
愼時艮 塡下天 塡同天 嗔之丢

衆 衆之動
衆之動

睘 睘其丁 環倫環
嬛倫環 寰倫環

還倫環 擐倫環 鐶倫環
闤倫環 圜倫全 猿其才

睪 睪由益 驛由益 懌由益 繹由益 譯由益 斁由益
斁丁路 釋當益 擇叔則 澤叔則 鐸大學

睿 睿由稅
濬則盡

瞀啟學

瞿 瞿其於 衢其於
懼其去

矍 矍啟國 攫啟國
躩啟國

矛部

矛 矛明交 茅明交
袤明又

矞 矞未出 繘見骨
橘見骨 毹由稅

石部

石 石時石 碩時石 柘之石
柘之夜 斫之約

七前Ts'　丁大T　太同T　心士S　審時S　非扶F　西維P　為鮮P'　拈尼N　拉來L　明M

香五愫○　加也亞○　𠓼容挂○　卦乃界○　乖大怪○　西微世○　鳳鬼位○　耶希夜○　非衣利○　希始全○　詞子士○　於諸去○　須取序○　垂水稅○　衰宰代○　回每罪○　烏苦父○　刀老號○　何火個○　戈果過○　交卯教○　由九又○　天小○照

矢部

矢 矢且始 肆由至 雉杖至 𥎦杖至 雉太世

矣 矣由始 唉烏哀 埃烏哀 挨烏鞋 俟在士

知 知之希 知之至 智之至 踟丑希

示部

示 示時至 視時至 社時者 祟上稅

票 票篇照 嫖符天 瓢符天 漂篇天 漂篇照 飄篇天 標丙天

祭 祭則世 際則世 蔡七代 察丑八

禁 禁見泛 噤見泛 襟敬金

禸部

禸 禸由九

禹 禹喻語 踽見語

禺 禺喻於 喁喻於 愚喻於 隅喻於 遇言去 寓言去 偶岸九 耦岸九 藕岸九 顒由中

离 离來非 漓來非 離來非 籬來非 魑來非 璃來非

禼 禼心別 竊心別

禽 禽其金 檎其金

禾部

禾 禾下戈 和下戈 科非何 和下過

禿 禿太卜 頹同回

秀 秀心又 銹心又 綉心又 琇心又 莠由九 誘由九 透太又

秉 秉丙一

鳥偷 | 丑由-Y | 司下-H | 見其-K | 敬其-K' | ○岸-NG | ○言-J | 之杖-CH | 凡長-CH' | 則作-TS

平上去入	大典身別	岩晚北八	環梯幻刮	中忍日不	君尹困骨	綸炀溫出	門木半木	今犬才乙	干字論鳥	蘋熙欠帖	監斷鑑中	金啱汶十	廿敢勘合	牛等辛則	彭彬硬白	橫○○或	丁丙正碩	荣小隙責	中搜動卜	當荊壯學	王廣旺國	章山上約

初學粵音切要

秋 秋七由 楸七由 湫七由 鰍七由 鍪七由 愁吋由 揪則由 啾七小

秦 秦前倫 榛則倫 臻則倫 蓁則倫

稟 稟未審 稟丙忍 凜未審 廩未審 懍未審

稽 稽見西

穌 穌心烏 蘇心烏

穴部

穴 穴下乙 袕未乙

窋 窋烏刮 挖烏刮

空 空可中 椌可中 控可動 箜可動

突 突由金 深審金 琛審金 探太艦

突 突同不

窄 窄之則 醡之嗌

窟 窟烏華

竄 竄丑犬

竈 竈則嗌

立部

立 立未甲 粒粒甲 笠粒十 粒拈十 泣英十 颯心甲 翌由立

竝 竝顛正

竟 竟見正 鏡見正 獍見正 境見丙 競共正

章 章之章 璋之章 彰之章 樟之章 獐之章 漳之章 嶂之上 障之上

童 童同中 僮同中 瞳同中 憧丑中 鐘之中 撞杖壯

竹部

竹 竹之卜 竺之卜 篤丁卜

筑 筑之卜 築之卜

答 答丁甲 搭丁甲 塔太甲

筮 筮時世 澨時世 噬時世

算

二二

粵音切要

七 TS' 前 | T 大 T- 大 | T' 同 | 心 士 S- | 啫 時 S' | 非 F- 扶 | 內 鹼 P- | 磐 P' 磁 | 拈 N- 尼 | 位 L- 未 | 明 M-

吾五悔○ [三]加也亞○ 丫寡挂○ 鞋乃柰○ 乖夬怪○ 西磁世○ 爲鬼位○ 耶脊夜○ 非彼利○ 希始金○ 詞子士○ 於語去○ 須取序○ 垂水稅○ 哀宰代○ 回每雅○ 烏苦父○ 刀老路○ [二]何火個○ 戈果過○ 交卯教○ 由九又○ 天小○照

質心寸 鑿啫兆 纂則犬 節 節則別 櫛則別 篾 篾明別 衊明忽

米部

米 米明敬 敉明彼 眯明敬 靡明非 粟 粟心卜 粥 粥之卜 鬻由卜 粦 粦來倫 鱗來倫 遴來倫 驎來倫 鄰來倫 憐來天 轔來倫

粵 粵哈乙 粲 粲七兆 燦七兆 糞 糞非巳

糸部

糸 糸心詞 細心世 系 系下世 繇見尹 係下世 徽非西 素 素心路 索 索心學 索心則 累 累來稅 瘰拉火 縲來冏 螺來何

騾來何 絜 絜見別 潔見別 絲 絲心詞 縣 縣下全 縣下す 懸下全 繭 繭見典

缶部

缶 缶非九 䍃 䍃由乀 搖由天 謠由天 窰由天 遙由天 繇由天 徭由天

网部

三十三

初學粵音切要

平上去入	烏喻
-een	天典見別
-an	飡晚犯八
-wan	環挽幻刮
-un	申忍民不
-wun	君尹困𢧐
-un	倫盾濺出
-oon	門本半末
-ün	全犬寸乙
-on	干竿翰曷
-eem	廉點欠帖
-am	監斬鑑甲
-um	金審浸十
-om	甘敢勘合
-ang	生等幸則
-ang	彭棒硬白
-wang	橫○○或
-ing	丁丙正碩
-wing	榮永咏域
-ung	中總動卜
-ong	當朔壯學
-wong	王廣旺國
-eong	章兩上約

英由 Y- | 可下 H- | 見其 K- | 敬其 K'- | ○岸 NG- | ○言 J- | 之枚 CH- | 丑長 CH'- | 則在 TS-

网 网明𠕇

罔 罔明𠕇 網明𠕇

罪 罪在𡚒

罰 罰伏八

罷 罷自亞 擺內乃 羆內非

羅

㩳未非

羅 羅未何 蘿未何 鑼未何 邏未個

羊部

羊 羊由章 佯由章 洋由章 恙言上 庠前章 詳前章 翔前章 祥前章 姜見章 芉明彼

羌 羌見章

美 美明彼

羔 羔見刀 羹見生

羕 羕由上 漾由上 樣由上

羞 羞心由

義 義言至 議言始 儀言希 蟻岸倚

羲 羲可希 犧可希

羼 羼丑犯

羽部

羽 羽喻語 栩可語 詡可語

翕 翕太甲 榻太甲 塌太甲

翁 翁英中

翏 翏未又 謬明又 𨤲丑由 膠見交 寥未天 廖未照

𨽍 𨽍未刀 嘐未刀 繆明卜 戮未卜

習 習作甲 摺之帖

翕 翕可十

翟 翟大𡚒 糴大𡚒 曜由照 燿由照 耀太照 躍由約 濯杖學 擢杖則 櫂杖教

老部

老 老未老

考 考可卯 拷可交

者 者之者 赭之者 著之去 著之約 堵丁老 覩丁老 睹丁老 賭丁老 都丁烏 屠同刀 踷之也 儲長於 煮之語 渚之語

七前TS' 丁T- 大 太同T' 心士S- 審時S' 非扶F- 西並P- 磁磐P' 粘尼N- 拉来L- 乜明M-

吾五悟○ 加也亞○ 甚泰卦○ 鞋乃界○ 乖丹怪○ 西啟世○ 風鬼位○ 耶者夜○ 非被利○ 希始至○ 詞子士○ 於鋸去○ 須取序○ 垂水稅○ 哀宰代○ 回每罪○ 鳥若叉○ 刀老擄○ 何火個○ 戈果過○ 交卯教○ 由九又○ 夭小○照

猪之於 諸之於 箸杖去 楮丑語 暑審語
署時御 曙士語 緒士語 薯時於

着 着其希 著審希
曙時至

而部

而 而言希 耍審也
耏尼代

耎 耎言犬

耑 耑丁全 端丁全 遄士全 顓之全 湍太倫
喘丑犬 瑞士說 惴丑水 揣丑水

耒部

耒 耒来代
誄来代

耤 耤作昆 藉作息
籍作息

耳部

耳 耳言始 餌言至 刵言至
咡言至 恥丑始

耴 耴之帖
輒之帖

耶 耶由耶 椰由耶
爺由耶

耿 耿見等
炅見等

聖
聖審正

聚 聚作序
驟杖又

聶 聶尼帖 咠之帖
攝審帖 懾審帖

聽 聽太正 聽太丁
廳太丁

聿部

聿 聿来出 律来出 筆丙不
肆心士 津則倫

肅 肅心卜 繡心又 嘯心照
簫心夭 蕭心夭

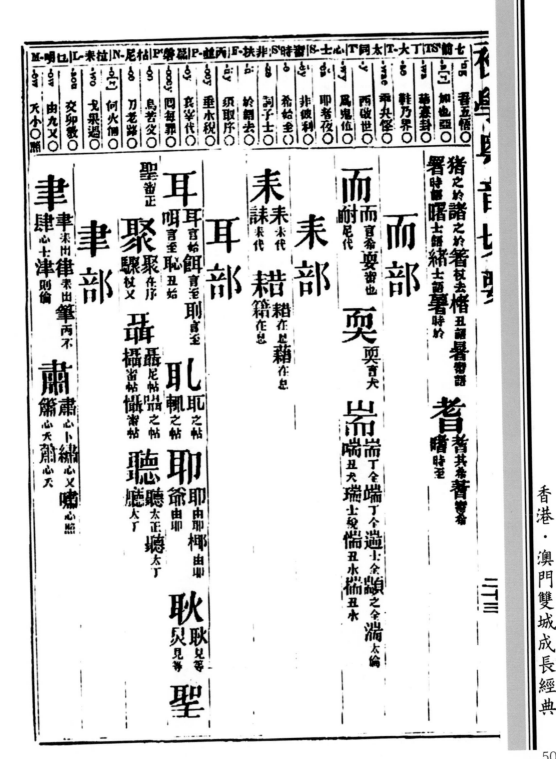

烏喻 ·	英由 Y-	可下 H-	見共 K-	敢其 K'-	〇眉 NG-	〇書 J-	之杖 CH-	且長 CH'-	則在 TS'-

平上去入
-in 天典見別
-an 飡晚犯八
-wan 環挽幻刮
-ün 申忍艮不
-wän 君尹困竹
-un 倫盾盡出
-oon 門本半末
-ün 全犬寸乙
-on 干竿幹葛
-om 森朕欠帖
-im 監斬鑑甲
-am 金審浸十
-an 甘敢勘合
-ing 生等幸則
-ang 彭棒硬白
-wang 橫〇〇或
-ing 丁丙正碌
-wing 榮永咏域
-ung 中總動卜
-ong 當耕壯學
-wong 王廣旺國
-oong 皇兩上約

肉部

肉 肉由卜

肸 肸由不 肸由不

肖 肖七照 誚七照 趙杖照 宵心天 逍心天 消心天
銷心天 霄心天 胥心天 梢審交 鞘審交 稍審卯

悄七小 峭七小 俏七小 削心約

肙 肙烏全 娟見全 捐見全
涓見全 絹見寸

肥 肥扶非

肩 肩見天

肯 肯可等

育 育由卜

肴 肴岸交 殽岸交
淆岸交 餚岸交

胃 胃喻位
謂喻位

胡 胡喻烏 瑚喻烏
湖喻烏 糊喻烏

胤 胤由貝

胥 胥心須 諝心須
婿心世 壻心世

肽 肽大個
惰大個

能 能尼生 能下中
態太界

脅 脅可帖

脊 脊則息
瘠則息

鶺則息

羸 羸拉火 嬴由丁 嬴由丁
瀛由丁 臝未問

臣部

臣 臣時中 嚚岸中
宦喻幻

臧 臧則當 贓則當
藏前當 臟在非

臥 臥岸個

𦣝 𦣝喻希 頤喻希
姬見希 熙可希

臤 臤下天 賢下天 堅見天 慳可閒 鏗可生
豎時去 豎時去 腎時忍 緊見忍

自部

粵音切要

七精TS'｜丁大T'｜小太T｜同心S｜士S'｜審時S'｜非F｜扶F｜內P｜被P'｜婆P｜尼N｜拈N｜來L｜拉L｜口明M

香五候○ 加也啞○ 華寡卦○ 耕乃界○ 乖夬怪○ 西啟世○ 區鬼位○ 耶者夜○ 非被利○ 希始至○ 詞了士○ 於語去○ 須取序○ 垂水稅○ 哀在代○ 回每罪○ 烏苦父○ 刀老路○ 呵火個○ 戈果過○ 交卯教○ 由九又○ 天小照○

自 自在士 洎見至 憩可丢

臬 臬言別

臭 臭丑又 糗丑又

皐 臯見刀 皞見老 翺岸刀

鼻 鼻明天

至部

至 至之至 侄杖不 姪杖不 桎杖不 窒杖不 室尚不 絰大別 垤大別 耋大別

致 致之至 緻之至

臺 臺同哀 檯同哀 擡同哀

臼部

臼 臼其九 舅其九 舊其又

歃下甲

召 召下鑑 焰下鑑 諂之點 焰言欠 燄言欠 閻言廉

臿 臿由小 諂太刀 稻太刀 滔太刀 蹈大路 慆太刀 蹈大路

臾 臾喻於 諛喻於 庾喻語

舁 舁喻於

臿 臿丑甲 插丑甲

舂 舂之中 樁之當

舄 舄心息

與 與喻語 與喻去 歟喻於 旟喻於 輿喻於 與喻於 譽喻去 舉見語 嶼心取

興 興可丁

𦥯 ○○ 學下學 覺見學 攪見卯 斆下教

舌部

舌 舌時別 括見末 聒見末 佸見末 活下末 闊可末 恬同廉 甜同廉 銛同點 刮見刷

舍 舍書夜 舍書者 捨書者

舛部

鳴喻 英由Y- 可下H- 見其K- 敵其K'- 岸○NG- 言○J- 之此CH- 孔長CH'- 則在?-

平上去入	天典見別 -ean	冷晚犯八 -an	環挽幻刮 -wan	巾忍艮不 -an	君尹囤骨 -wan	倫盾盡出 -un	門本半末 -oon	全犬寸乙 -un	干罕翰曷 -on	廉點欠帖 -eam	監斬鑑甲 -am	金甚沒十 -um	甘敢勘合 -om	生等辛則 -ang	彭棖硬白 -aang	橫○○或 -wang	丁丙正碌 -ing	榮永咏䂬 -wing	中總動卜 -ung	當掛壯學 -ong	王廣旺國 -wong	蔣兩上約 -eong

舛 舛几犬 舜 舜術盡 瞬術盡 羣 羣下不

舟部

舟 舟之由 般 般丙門 盤磐門 搬丙門 磐磐門 般磐門

色部

色 色術見 艷由欠 絶前乙

艮部

艮 艮見艮 眼岸晚 恨下艮 狠可忍 跟見申 墾可忍 根見申 懇可忍 痕下申 覞見爷 垠岸申 限下犯 銀岸申

良 艮未章 稂未當 粮未章 狼未當 娘尼章 琅未當

朗未胛 浪未壯

艸部

艸 艸七老 芻 芻丑何 騶則由 雛前何 皺則又 趨七須 縐則又 鄒則由

苗 苗明夭 錨明夭 描明夭 貓明夭

若 若言約 諾尼學

惹言者

英 英英丁 瑛英了

茶 茶長加 縩長加

茸 茸由中

荒 荒非當 謊非胛 慌非當

莫 莫明學 寞明學

漠明學 幕明學 膜明學 摸明學 模明烏 幕明烏 墓明父 慕明父 募明父 暮明父

莽 莽明胛 蟒明胛

業 業言帖 樸篇學 僕道卜 樸篇學

堇 堇見忍 謹見忍

初學粵音切要

香港早期粵語教材——《初學粵音切要》

七韻	TS' 丁	大 T'	太 同 T	心 士 S	詩 時 S'	非 扶 F	丙 煎 P	篇 蘋 P'	枯 尼 N	拉 來 L	也 明 M

-ng	吾五悟○
-a[ı]	加也亞○
-wa	華家挂○
-ai	鞋乃界○
-wai	乖夬怪○
-y	西微世○
-wy	爲鬼位○
-ea	耶者夜○
-oy	非彼利○
-o	希於仝○
-oo	詞子士○
-ü	於語去○
-üy	須取序○
-oey	垂水稅○
-oj	哀宰代○
-ouey	囘每罪○
-oo	烏苦父○
-o	刀老路○
-o[ı]	何火個○
-wo	戈果過○
-aou	交卯教○
-aiv	由九又○
-ew	夭小照○

𩟗見忍 權見忍 僅見忍　覲見艮 勤其申 懃其申
華 華喻華 華烏華　譁烏華 樺治帖
莫 莫○○ 漢可喻　嘆太犯 歎太犯
蔄 蔄明門 𦞦明門　滿明木 瀟明半

萬 萬明犯 蠆丑界　邁明界 蠆丁盾
蒙 蒙明中 濛明中 㠓明中　朦明中 矇明中
蒦 蒦非亞 護喻交 獲下國　穫下國 蠖下國
蔑

蔑明別 蠛明別　襪明八
薛 薛心別 櫱言別　孽言別
薦 薦則見
薨 薨見熾
薩 薩心八

虍部

虍 虍非烏　膚非烏
虎 虎非若 琥非若　彪丙由
虐 虐言約 瘧言約　謔由約
虒 虒心詞 磃丑希　遞大世
虔

虔非天
虖 虖非烏 嘑非烏
虘 虘前何 䶦七序
虛 虛可於 墟可於
虜 虜未老 擄未老
虗 虗可希 戲可至

虫部

虫 虫烏鬼 蟲長中　融由中 螽之中
虱 虱沓不
蚤 蚤則老 搔心刀　騷心刀
蚩 蚩丑希　嗤丑希
蜀 蜀時卜　燭之卜

濁杖卜 觸丑卜　獨大卜 髑大卜
蠢 蠢未水
蠱 蠱見若

血部

行部

烏喻 英由 Y- 可下 H- 見其 K- 敬其 K'- ○岸 NG- ○言 J- 之杖 CH- 丑長 CH'- 則在 T-

平上去入
-ien 天典見別
-an 翻晚犯八
-wan 環挽幻刮
-in 申忍貝不
-wən 君尹困骨
-un 倫盾盛出
-oon 門本半末
-ün 全犬寸乙
-on 干罕翰曷
-am 帝... 欠帖
-am 監斬鑑甲
-əm 金審浸十
-om 甘敢勘合
-ang 生等幸則
-ang 彭棒硬白
-wang 横○○或
-ing 丁丙正碩
-wing 榮永詠育
-ong 中寵動卜
-ong 窗捫壯學
-wong 王廣旺國
-ong 章兩上約

血 血可乙 洫見裕 恤心出 卹心出

行 行下當 行下幸 行下生 珩下生 衡下生 桁可彭

衍 衍英典 愆可天

衣部

衣 衣英希 衣英至 依英希 哀烏哀 裒內由

表 表丙小

衰 衰留垂 榱留垂 衰七回 縗七回

袁 袁喻全 園喻全 猿喻全 轅喻全

遠喻犬 遠喻寸 壞言宕 讓言上 嚷言上 釀言上

衮 衮見尹 滾見尹

裔 裔由稅

裹 裹喻平 懷喻華 壞喻怪

襄 襄心章 鑲心章 驤心章 曩尼翔 穰言章 攘言章

西部

襾 襾烏題 躚七天

西 西心西 洒沓也 廼尼乃 哂沓界 哂丑忍

覃 覃同監 蕈七金 潭同監 簟同點

要 要英照 要英天 腰英天

遷 遷心天 僊心天 遷七天 韆七天

見部

見 見—— 見可見 現可見 硯言見

規 規敬烏 窺敬烏

覓 覓明息

親 親七申 櫬七良 襯七良

覽 覽來斬 覽來鑑

七箭TS' 丁大T- 太同T' 心士S- 審時S' 非扶F- 丙並P- 品盤P' 拈尼N- 拉未L- 口明M-

吾五悟○ 加也亞○ 華寡卦○ 鞋乃界○ 乖夬怪○ 西啟世○ 爲鬼位○ 卬者夜○ 非彼利○ 希紀至○ 詞子士○ 於語去○ 須取序○ 垂水稅○ 哀宰代○ 岡𣏌罪○ 烏苦父○ 刀老路○ 何火個○ 戈果過○ 交卯教○ 由九又○ 夭小照○

纜未鑑 攬拉斬

角部

角 角見學 桷見學 斛下卜

解 解見乃 解見界 廨見乃 壂下乃 邂下乃 懈下界

谷 谷見卜 俗在卜 郤敬約 綌見觽 浴由卜 欲由卜 慾由卜 裕喻去

言部

言 言官夭 唁言見 信心盈 這之夜 譫喻廉 𧬊丁斬 譖大鑑 賺時欠 擔丁監

訇 訇見橫 鞫見卜

詈 詈未利

話 話喻卦

詹 詹之廉 瞻之廉 襜之廉 蟾時廉

䜌 䜌未全 戀未全 孿未全 鸞未全 欒拉全 攣拉全 孌拉犬 戀未才 蠻明斧 變丙見 彎烏環 灣烏環

豆部

豆 豆同又 痘同又 荳同又 逗同又 頭同由 短丁犬

豈 豈可紿 凱可宰 愷可宰 鎧可宰 剴見哀 敳摩哀 覬見至

登 登丁生 燈丁生 鐙丁生 橙長彭 澄凶丁 證之正 凳丁孕

豐 豐未敬 禮未敬 醴未敬 體太敬

豐 豐非中

豕部

烏喩	英由 Y-	可下 H-	見其 K-	啟其 K'-	〇摩 NG-	〇言 J-	之杖 CH-	凡及 CH'-	則在 TS-

平上去入
-ien 天典見別
-en 奸晚犯八
-wan 環挽幻刮
-an 申忍艮不
-wan 君尹困掘
-on 倫㑥淡出
-oon 門本半末
-un 令犬寸乙
-on 干罕翰曷
-eam 廉點欠帖
-am 監斬鑑甲
-um 金審浸十
-om 甘敢紺合
-ang 生等辛則
-ang 彭棒硬白
-wang 橫〇〇或
-ing 丁內正碩
-wing 榮永咏闃
-ung 中總動卜
-ong 當拼壯學
-wong 王廣旺國
-eong 章兩上約

豕 豕丑始 豚 豚同全 豙 豙丑卜 琢丁約 啄丁約 諑丁約 涿丁約 豪 豪岸世 毅岸世 象 象在上 像在上

橡在上 豦 豦其於 劇其石 據見去 遽見去 豨 豨內申 豳內申 豪 豪下刀 壕下刀

貝部

貝 貝丙罪 敗並界 貞 貞之丁 楨之丁 禎之丁 偵之丁 負 負扶父 貨 貨心火 瑣心火 鎖心火 貢 貢見動

貪 貪太監 貫 貫見半 貫見幻 慣見幻 實非木 責 責之則 漬七士 債之界 勣則息 積則息 蹟則息 績則息 嘖則息 貳 貳言至 樲言至

膩言至 貴 貴見位 遺喻位 還喻爲 匱其位 櫃其位 蕢其位 饋其位 隤同回 瀆非罪 噴非罪 隤非罪 殨非罪 買 買明乃 賣明界 賁 賁丙申 賫丙利

墳扶申 憤扶忍 噴非艮 賈 賈見亞 價見亞 賈見者 賊 賊在則 則 則英丁 賓 賓丙申 濱丙申 鑌丙申 檳丙申

鬢丙艮 擯丙艮 殯內艮 嬪丙艮 賣 賣由卜 瀆大卜 犢大卜 讀大卜 櫝大卜 黷非卜 續在卜 覿大息 竇大又 牘大卜 讟大卜 賞 賞審兩 償長量 質

質之不 質之至 躓之至 賴 賴未界 瀨拉界 懶未挽 獺丑八 賚 賚則西 贊 贊則犯 瓚則犯 讚則犯 纘則犬 鑽則寸 攢前全 贔

贔並利 贛 贛見敢 戇烏壯

豸部

豸 豸杖界 豺長鞋

二二

香港早期粵語教材——《初學粵音切要》

初學粵音切要

三十

七請TS'	丁大T-	太同T'	心士S-	審時S'	非扶F-	丙並P-	稿簿P'	拈尼N-	拉來L-	口明M-

韻	字
ng	吾五悟○
-[ä]	加也亞○
-wa	誇寡卦○
-ai	鞋乃界○
-wai	乖夬怪○
-y	西敬世○
-wy	爲鬼位○
-ia	耶者夜○
-oy	非彼利○
-e	希始包○
-ze	詞子士○
-ü	於語去○
-öy	須取序○
-oey	垂水稅○
-oy	哀宰代○
-ooy	回每罪○
-o	烏苦父○
-o	刀老路○
-[o]	何火個○
-wo	戈果過○
-au	交卯教○
-ow	由九又○
-iw	夭小照○

赤部

赤 赤丑益 赧拈揀 赦 赦審夜 螫丑益 赫 赫可則 嚇可的

走部

走 走則九 徒同刀

足部

足 足則卜 捉之約 足在序 促七卜 捉則卜 路 路未路 露未路

身部

身 身審申

車部

車 車見於 車丑叩 沛枝艮 軍 軍見君 渾喻君 軿非丙 輝非丙 揮非西 暈喻囫 運喻囫 輦 輦未辦 轟 轟見揈

辛部

辛 辛心申 騂心丁 莘心申 梓則子 辟 辟丙息 霹匹息 璧丙息 壁匹白 避並利 壁丙息 躄丙利 僻匹息 癖匹息 譬丙利 闢並息 譬匹利 辥 辥並典 辧並見 辯並見 辨並天 辦並兒

鳥喻·	英由 Y-	可下 H-	見共 K-	啟其 K'-	○岸 NG-	○言 J-	之杖 CH-	丑長 CH'-	則在 TS-

平上去入	
-een	天典見別
-an	冷晚犯八
-wan	環挽幻刮
-an	申忍刃不
-wün	君尹閏[illegible]
-ön	倫[illegible]盡出
-oon	門本半末
-ün	全犬寸乙
-on	干罕翰曷
-eem	廉點欠帖
-am	監斬鑑甲
-um	金審沁十
-om	甘敢鑑合
-ang	生等幸則
-ang	彭棒硬白
-wang	橫○○或
-ing	丁丙正碩
-wing	榮永咏[illegible]
-ung	中總動卜
-ong	當綁壯學
-wong	王廣旺國
-eong	章兩上約

辰部

辰 辰時申 宸時申 晨時申 蜃時忍 娠之艮 振之艮 震之艮 賑之艮 唇時倫 脣時倫

辱 辱由卜 褥由卜 耨尼又 薅可刀

農 農尼中 儂尼中 膿尼中 濃尼中

辵部

辵 辵丑約

迷 迷明西 謎明世

追 追之垂 椎長垂 鎚長垂 縋杖稅

退 退太罪 腿太每

逐 逐杖卜

造 造在路 造七路

逢 逢扶中 縫扶中 蓬蒲中

連 連來天 鏈來天 漣來天 蓮來天 璉來典

進 進則盡 暹七廉

遀 遀前垂 隨前垂 髓心水

遂 遂上稅 隧杖稅 隧大罪 隊大罪

過 過見過 過見戈

達 達大八 撻太八

遝 遝大甲

遣 遣可典 譴可典

邊 邊丙天 籩丙天

邑部

邑 邑英十 悒英十

邕 邕英中 雝英中 灉英中

邛 邛其中

那 那尼何 挪尼何 那尼火

邦 邦丙當 梆丙當 幫丙當 綁丙拼

邪 邪前耶

郎 郎來當 廊來當 榔來當

郭 郭見國 槨見國 廓啟國

鄉 鄉可章 嚮可兩 響可兩 饗可兩

七韻TS'｜丁大T-｜太同T'｜心士S-｜審時S'｜非扶F-｜內難P-｜婆破P'｜粘尼N-｜粘來L-｜明凵M-

-ng	吾五恰○
-a[ɪ]	加也亞○
-ia	菲寡桂○
-ai	鞋乃界○
-wai	乖丸怪○
-y	西敬世○
-iry	為鬼位○
-ei	耶者夜○
-ey	非微利○
-o	希始至○
-z	詞子士○
-ü	於語去○
-uy	須取序○
-oey	垂水稅○
-oy	哀宰代○
-ooy	回每罪○
-o	烏苦父○
-o	刀老路○
-o[ɪ]	何火個○
-wo	戈果過○
-oo	交卯教○
-ow	由九又○
-eow	夭小廟○

鄭 鄭杖正 擲杖白 躑杖白 [illegible]可爾

酉部

酉 酉由九 酒則九 醜丑九

酋 酋在由 猶由一 猷由由 楢由由

舋 舋由艮

釆部

釆 釆七辛 採七辛 彩七辛 綵七辛 菜七代

里部

里 里未彼 俚未彼 哩未彼 理未彼 鯉未彼 娌未彼 裏未彼 裡未彼 厘未非 狸未非 悝非悶 埋明鞋

重 重杖動 重長中 種之動 種之總 腫之總 踵之總 董丁總 動大動 慟大動 鍾之中 衝丑中

野 野由者

量 量未章 量未上 糧未章

金部

金 金見金 錦見審 衘下監

長部

長 長長章 長之兩 張之章 棖長彭 瘬之上 帳之上 漲之上 悵之上 脹之上

門部

門 門明門 們明門 捫明門 悶明半 問密食 閃密點 燜密點 閩明申 聞明申 問明艮 閶明艮 閽岸申

閏 閏由浚 潤由浚

閑 閑下閒 嫻下閒

閒

韻	平上去入
烏喻	
-ên	天典見別
-an	省晚犯八
-wan	環挽幻刮
-ăn	申忍艮不
-wăn	君尹困骨
-un	倫盾盜出
-oon	門本半末
-ün	全犬寸乙
-on	干竿翰曷
-eem	廉點欠帖
-am	監斬鑑甲
-um	金審浸十
-om	甘敢勘合
-ăng	生等幸則
-ang	彭棒硬白
-wang	横〇〇或
-ing	丁丙正碩
-wing	榮永咏炙
-ung	中總動卜
-ong	當朔壯學
-wong	王廣旺國
-öng	章兩上約

英由 Y- | 可下 H- | 見其 K- | 敬共 K'- | 〇岸 NG- | 〇嘗 J- | 之杖 CH- | 丑長 CH'- | 則在 TS-

閒見省 閒見犯 閒下省 澗見犯 簡見晚 㵎下省 覸可晚 蘭來省 讕來省 爛來犯

闖 闖丑朔 闖士審

閔 閔明忍 憫明忍

閵 閵來盡 藺來盡 躪來盡

闌 闌來省 欄來省 欄來犯 瀾來省

阜部

阜 阜扶又

阿 阿烏何

陋 陋來又

陰 陰英金 陰英浸 蔭英浸

陳 陳杖中 陳杖艮 陳杖中

隆 隆來中

隋 隋大個 隋在垂 隋大個

隶部

隶 隶大世 逮大世 棣大世 隸大代 隸來世 隸大世

隹部

隹 隹之垂 錐之垂 萑之垂 萑喻全 椎長垂 雖心垂 誰時垂 推丑垂 售時又 雀則約

唯喻為 惟喻為 帷喻為 維喻為 堆丁回 推大回 碓丁罪 睢烏為 準之盾 准之盾 隻之石 唯喻鬼

隺 隺下學 鶴下學 確敬學

雁 雁岸犯 鴈岸犯

集 集在甲 雜在甲

雇 雇見父 僱見父 顧見父

雋 雋則盡 鐫則盡 儁則盡

雍 雍英中 壅英中 饔英中 甕英甕 擁英擁 雝烏動

雁

膺英丁 鷹英丁 鷹英丁 應英丁 應英正

雠 雠長由 讎長由

雙 雙術窗

雚 雚見半 鑵見半 灌見半 歡非門 懽非門 驩非門 觀見門 觀見半

初學粵音切要

七餘TS'			丁大T-			太同T'		心士S-		審時S'		非扶F-		丙鼻P-		篇婆P'		拈尼N-		拉來L-		乜明M-
ng	[a]	wa	aai	waai	ai	wai	e	i	ee	ze	ü	üy	oey	oy	ooey	oo	o	[o]	wo	aou	ow	iw
吾五悟○	加也亞○	華寡卦○	鞋乃界○	乖丼怪○	西啟世○	爲鬼位○	耶者夜○	非彼利○	希始至○	詞子士○	於語去○	須取序○	垂水稅○	哀宰代○	回每罪○	烏苦父○	刀老路○	何火個○	戈衆過○	交卯教○	由九又○	夭小照○

權其全 勸可寸 巂攜其圭 攜其圭 難灘尼餐 攤太餐 灘尼犯 灘太晚 儺尼何

雨部

雨 雨吟語 雨吟去 雩 雩吟於 雪 雪心乙 雷 雷來回 檑來回 電 電大見 需 需心須 儒吟於

儒吟於 嚅吟於 孺官去 懦尼個 霍 霍敵國 霜 霜心章 孀心章 霸 霸丙亞 靈 靈來丁

青部

青 青七丁 請七丙 清七丁 婧在正 精則丁 清七正 菁則丁 靚大見 晴則丁 倩士見 晴前丁 猜丑鞋 情前丁

非部

非 非 排發鞋 蜚非 匪非彼 霏非 篚非彼 扉非 翡非彼 腓扶非 菲非彼 悲丙非 誹非彼 徘發鞋 斐非彼 俳發鞋 輩丙罪 靡 靡明彼

面部

面 面明見 湎明典 緬明見 靦岡典 麵明見

革部

革 革見則 鞹見希

二

烏喻 ·	英由 Y-	可下 H-	見共 K-	啟共 K'-	○岸 NG-	○言 J-	之杖 CH-	丑長 CH'-	則在 TS'-

平上去入	-een 天典見別	-an 冷晚犯八	-wan 環挽幻刮	-an 申忍艮不	-wün 君尹囷骨	-un 倫盾盡出	-oon 門本半末	-ün 全犬寸乙	-on 干罕翰曷	-eem 廉點欠帖	-am 監斬鑑甲	-om 金審沒十	-om 甘敢勘合	-ang 生等辛則	-ang 彭棒硬白	-wang 橫○○或	-ing 丁丙正碩	-wing 榮永咏窡	-ung 中總動卜	-ong 當埗壯學	-wong 王廣旺國	-eong 章兩上約

韋部

韋 韋喻爲 闈喻爲 違喻爲 闈喻爲 幃喻爲 衛喻位 韙喻鬼 偉喻鬼 緯喻鬼 葦喻鬼 瑋喻鬼 諱非世 韓下干

非部

非 非見九

[illegible] [illegible]訶合

[illegible] 餥下界 [illegible]下界

韱 韱七廉 纖七廉 殲七廉 鑯七廉 懺丑鑑 讖七浸

音部

音 音英金 喑英金 瘖英金 歆英金 暗烏勘 闇烏勘 諳烏敢 諳烏甘

頁部

頁 頁可帖

頃 頃啟丙 傾啟丁 穎喻咏

項 項下壯

須 須心須 鬚心須 鬚心刀

頪 頪未稅 類未稅 纇未稅

頻 頻貧中 蘋貧中 瀕貧中 顰貧中 嚬貧中

顛 顛丁天 巔丁天 癲丁天

風部

飛部

首部

粵音切要

ng 吾五倍○	[i] 加也亞○	wa 華寡卦○	ai 鞋乃界○	wai 乖共怪○	y 西敬世○	wy 爲鬼位○	ei 耶者夜○	iy 非彼利○	i 希始至○	ze 詞子士○	ü 於語去○	üy 須取序○	oy 垂水稅○	oi 哀在代○	ooy 回每罪○	oo 烏苦父○	o 刀老罪○	[o] 何火個○	oo 戈果過○	ao 交卯教○	ow 由九又○	ew 夭小嘯○

七 TS'　厂　大 T·　太同 T'　心士 S·　審時 S'　非扶 F·　內餘 P·　P'　拈尼 N·　拉來 L·　己　明 M·

風 風非中 楓非中 瘋非中
諷非動 鳳扶動 嵐术監
飛 飛非一
首 首審九 首審又 道大老
道大路 導大路

食部
香部

食 食時息 食在上 蝕時息 飾審息
飭審息 飡七孙 飧心全
養 養喻兩 養喻上
癢喻兩
香 香可章

馬部
骨部

馬 馬明也 媽明也 媽明加
瑪明也 碼明也 罵明亞
馮 馮奉生 馮扶中
憑奉生
驫 驫之去
骨 骨見骨 滑喻刮
猾喻刮

高部
髟部

高 高見刀 蒿見刀 篙見刀 膏見刀 膏見路 槀見老
皜見老 槁見老 稿見老 敲可交 犒可路
髟 髟丙㇇

門部
鬯部
鬲部

鬥 鬥丁又
鬯 鬯丑上
鬱 鬱烏骨
鬲 鬲見則 隔見則
翮由刻
鬵 鬵朗金

鬼部
鹵部

烏喩 | Y-由英 | H-下可 | K-共見 | K'-共敵 | NG-岸○ | J-言○ | CH-杖之 | CH'-長丑 | TS'-在則

	平上去入
-een	天典見別
-in	㳗晚犯八
-wan	環挽幻刮
-an	申忍艮不
-wan	君尹困㽵
-un	倫居盡出
-oon	門本半末
-un	全犬寸乙
-on	干罕翰曷
-eem	廉點欠帖
-am	監斬鑑甲
-um	金審浸十
-om	甘敢勘合
-ing	生等幸則
-ang	彭棒硬白
-wang	橫○○或
-ing	丁丙正碩
-wing	榮永詠㷀
-ung	中總動卜
-ong	當掷壯學
-wong	王廣旺國
-eong	章兩上約

鬼 鬼見鬼 傀敬位 塊非界 瑰非界 魁非回 嵬非回 隗非回 隗喩毎 槐喩迴

鹵 鹵末若 鹽 鹽由嫌

魚部

魚 魚言於 漁言於

魯 魯末老 櫓末老

鮮 鮮心天 鮮心典 癬心典 鱻心典

烏 烏尼小 嗚明丁 鳥尼小

梟 梟扶烏

鹿部

鹿 鹿末卜 麄拉卜 麈烏交 麛七刀 麄七刀 麈英由 麈長申

麃 麃內天

麗 麗末世 儷末世 灑沓也 邐末彼

麥部

麥 麥明則

麻部

麻 麻明加 蔴明加 痳明加 磨明個 磨明何 魔乜何 摩乜何 麼乜何 麾非西 糜明彼 靡明非

黃部

黃 黃下王 黌下王 黉下王 潢下王 横喩揹 橫喩橫 黌下中

黍部

黍 黍當語

黎 黎末西 犂末西 黧末西

黑部

黑 黑可則 墨明則 默明則 嘿明則 黨丁鄉 讜丁鄉 儻太鄉

七前TS'｜丁大T-｜太同T'｜心士S-｜畜時S'｜非扶F-｜丙並P-｜篇磐P'｜拈尼N-｜拉来L-｜乜明M-

-ng	吾五悞○
-a	加也亞○
-wa	華蕐卦○
-au	鞋乃界○
-wae	乖夬怪○
-y	西啟世○
-wy	爲鬼位○
-e	卽者夜○
-ey	非彼利○
-i	希始主○
-ze	詞子士○
-ü	於語去○
-öy	須取序○
-oey	乘水稅○
-oy	哀宰代○
-ooy	回每罪○
-oo	烏苦父○
-o	刀老路○
-o	何火個○
-wo	戈果過○
-aou	交卯教○
-ow	由九又○
-iw	夭小照○

一黹部

黹 黹之主

黽部

黽 黽明忍 繩時丁 蠅由丁

鼎部

鼎 鼎丁丙

鼓部

鼓 鼓見若 鼕見若

鼠部

鼠 鼠者語

鼻部

鼻 鼻並利 劓宵主

齊部

齊 齊前西 劑則西 擠則西 躋則西 齎則西 齋之鞋 儕長鞋 濟則世 霽則世 薺前改

齒部

齒 齒丑始

龍部

龍 龍來中 襲來中 龔來中 隴來中 寵丑塚 龕來總 朧來總 龐容窗 龔在中

龜部

龜 龜見爲 龜見由

龠部

龠 龠由約 籥由約 鑰由約 瀹由約 籲由約

初學粵音切要終

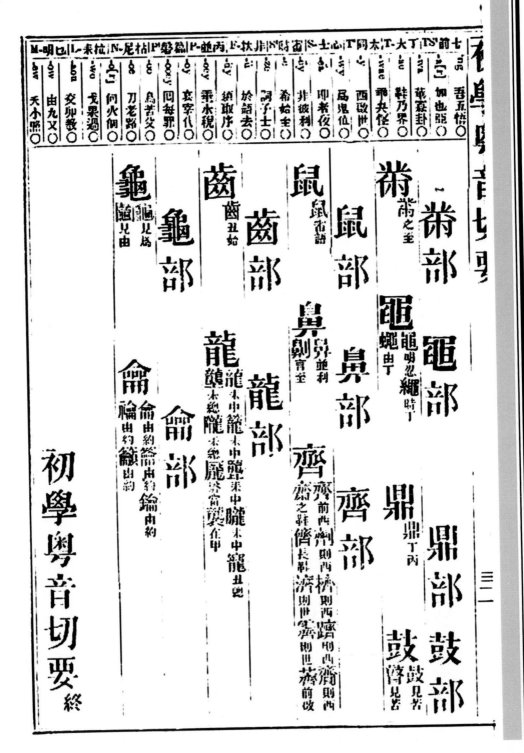

錯遺備考

第一篇五行且字下加雎則須切 ○一二篇環幻挽刮韻印亂。二篇十行加駮下代 ○三篇五行晃非翔 六行克部加尅可則 敀說當乙 十三行加謚時至 十五行腴同典 十七行加迴見承 ○四篇九行加份扶艮 ○五篇四行迪部加𥿮非烏 十二行棹杈殺○又丑約 十七行卬宜作卬。十八行卷部加惓共全 棬可全 ○七篇二行加銘明丁 十二行加禪時見· ○九篇十二行加教見交 ○十篇十五行尨明當 ○十一篇卄行加帥謝出 ○十二篇二行幷畢丁 三行加屏婆丁 十一行鎌未麻 十三行延部蜓宜改作蜒。十六行弁部加畚內本 ○十三篇首行加𢱢尼息 嫋尼小 ○十四篇六行戶部加大字戹烏則 ○十八篇十四行僞摩世 ○二十篇十二行唊共屬 ○卄一篇十行石部加大字砉喻戚 ○卄五篇九行加謊非當 十一行蒴字宜入门部今錯入艸部○卄六篇四行加壞膏雨 ○卄七篇八行嬪內申 十二行走部加陡丁九 十六行篧未點 ○卄九篇四行陳長申 九行加鏋則仝

初學粵音切要

[illegible]

1	香港百年史（一九四八）	黎晉偉
2	最新香港指南（一九五零）	湯建勛
3	香港掌故（一九五九） 附 香港歷史（一九五三）	黃燕清
4	香港雜記（一八九四光緒原版）	陳鏸勳
5	香港百年（一八四一－一九四一）	劉國英
6	澳門地理（一九四六）	何大章、繆鴻基
7	香港——東方的馬爾太（一九二九）	李史翼、陳湜
8	港僑須知（一九三三）上	戴東培
9	港僑須知（一九三三）下	戴東培
10	香港金融（一九四零）	姚啟勳
11	香港九龍便覽附粵語舉要（一九四零）	逸廬主人
12	香港政治之史的考察（一九三六）	[日本]植田捷雄 原著 石楚耀 中譯
13	香港華人名人史略（一九三七）（中英合璧）The Prominent Chinese in Hongkong（1937）	吳醒濂
14	僑旅錦囊（一九一八）附〈華英譯音巫語指南〉	盧少卿
15	香港教育制度之史的研究（一九四八）	阮柔
16	香港市政考察記（一九三七）	譚炳訓
17	《香港陷落（一九四一中文）》《軍政下の香港（一九四四日文）》合刊	齊藤幸治、心一堂
18	香港淪陷記（一九四六）	唐海
19	《香港日佔時期課本——初小公民（一九四三中文）》《嚴重的香港（一九三八中文）》《香港事情（一九一七日文）》合刊	香港占領部總督府、殷楊
20	澳門遊覽指南（一九三九）	何翼雲、黎子雲
21	英粵通語Cantonese for everyone——香港大學粵語教材（一九三一）	H. R. Wells
22	香港早期粵語教材——〈初學粵音切要〉（一八五五）	佚名
23	港澳學校概覽（一九三九）	呂家偉、趙世銘
24	香港蓄婢問題（一九二三）	反對蓄婢會

書名：香港早期粵語教材——〈初學粵音切要〉（一八五五）
系列：心一堂　香港・澳門雙城成長系列
原著：佚名
主編・責任編輯：陳劍聰

出版：心一堂有限公司
通訊地址：香港九龍旺角彌敦道六一〇號荷李活商業中心十八樓〇五一〇六室
深港讀者服務中心：中國深圳市羅湖區立新路六號羅湖商業大厦負一層〇〇八室
電話號碼：(852)9027-7110
網址：publish.sunyata.cc
淘宝店地址：https://sunyata.taobao.com
微店地址：　https://weidian.com/s/1212826297
臉書：　　　https://www.facebook.com/sunyatabook
讀者論壇：　http://bbs.sunyata.cc

香港發行：香港聯合書刊物流有限公司
地址：香港新界荃灣德士古道220～248號荃灣工業中心16樓
電話號碼：(852) 2150-2100
傳真號碼：(852) 2407-3062
電郵：info@suplogistics.com.hk
網址：http://www.suplogistics.com.hk

台灣發行：秀威資訊科技股份有限公司
地址：台灣台北市內湖區瑞光路七十六巷六十五號一樓
電話號碼：+886-2-2796-3638
傳真號碼：+886-2-2796-1377
網絡書店：www.bodbooks.com.tw
心一堂台灣秀威書店讀者服務中心：
地址：台灣台北市中山區松江路二〇九號1樓
電話號碼：+886-2-2518-0207
傳真號碼：+886-2-2518-0778
網址：http://www.govbooks.com.tw

中國大陸發行　零售：深圳心一堂文化傳播有限公司
深圳地址：深圳市羅湖區立新路六號羅湖商業大厦負一層008室
電話號碼：(86)0755-82224934

心一堂微店二維碼　心一堂淘寶店二維碼

版次：二零二一年三月初版，平裝

定價：港幣　七十八元正
　　　新台幣　三百五十元正

國際書號 ISBN 978-988-8583-73-7